강동문협 앤솔로지

아리수에 흐르는 별

강동문협 앤솔로지

아리수에 흐르는 별

강동문인협회 엮음

예서

아리수 문인들의 앤솔로지, 첫 장을 열면서

강동구는 서울시에서 제일 먼저 해가 뜨는 곳입니다. '해 뜨는 강동'이란 말이 있듯이, 이 밝은 곳에 터 잡고, 인연을 맺고 살아온 문사들이 모여서 만든 '강동문인협회'가 있습니다. 하늘에 수많은 별이 빛나듯이, 그동안 창작한 작품을 책으로 출간한 문인께 몇 작품씩 모아서 '앤솔로지'를 출간한다고 요청했습니다. 많은 작품 중에서 대표할 만한 작품을 모아서 책으로 엮는다는 것은 작품을 내시는 문인들에게 선별의 고통을 준 것이나 다름이 없었습니다. 하지만 독자들에게 자신이 쓴 이 작품만은 함께 읽자는 뜻으로 만든 책이므로 작품집의 가치가 매우 높다는 생각이 듭니다. 윤동주의 〈쉽게 씌어진 시〉의 구절 중 "시인이란 슬픈 천명인 줄 알면서도"가 지금은 "시인이란 천명天命인 줄 알면서도"라고 되어 있습니다. 식민지 억압으로부터 해방이 된 지금 '슬픈'이란 낱말이 빠졌어도, 문학이란 윤동주가 말한 것처럼 '천명天命'을 담아 쓴 작품으로 제1호 ≪아리수에 흐르는 별≫

을 발간하게 되었습니다. 강동문인협회 회원들이 보내주신 작품에서 느낀 점은 선별과 탈고, 세상과 소통하고자 하는 작품들 한편 한편에서 참으로 따뜻한 마음이 읽히는 듯해서 좋았습니다. 저의 이러한 감정들이 독자들에게 전해지길 바라는 마음 또한 간절했습니다. 이 책이 발간되기까지 김미형 사무국장께서 원고 수집 및 작품의 배열 등 뜨거운 한여름에도 수고로움을 아끼지 않고 애써 주셨음에 감사드립니다. 또한 제가 제18대 강동문인협회장이 되었을 때, 지금까지 책을 만들고 살아온 입장에서 강동문인협회 회원님들의 작품을 모아 앤솔로지를 만들어 주시겠다고 말씀하시고, 이를 실행으로 옮긴 출판사 '에서' 양정섭 대표님께도 감사의 인사를 드립니다. 끝으로 강동문인협회 회원님의 속살을 세상에 보여주는 일이니 만큼 조심스럽고, 또 조심스럽습니다. 작품이 세상 밖으로 나갈 때는 오직 독자의 몫이라 생각합니다. 차 한 잔 마시는 마음으로 우리의 앤솔로지와 마주해 주셨으면 고맙겠습니다.

2024년 8월 31일
제18대 강동문인협회 회장 김태경

차 례

책머리에 ____ 4

제1부 시·시조·동시

강병숙__함박꽃 外 2편 ······························13

강서일__고양이 액체설 外 2편 ··················17

구태회__문주란 外 2편 ····························21

권현수__시간의 역사 1 外 2편 ·················24

김미형__언어의 기도 外 2편 ····················27

김민정__장경각에 기대어 外 2편 ···············31

김상호__세월이 흐르면 外 2편 ··················34

김일중__메시지 外 2편 ····························38

김태경__저녁 밥상 外 2편 ·······················43

김태옥__여의도공원 동물원 外 2편 ···········47

남민옥__와당瓦當 外 2편 ·························51

남시호__오늘이란 요리 外 2편 ·················55

도경원__철길 外 2편 ······························58

박법문__장마 外 2편 ······························61

박천순__오래 달인 어둠 外 2편 ···············65

배성희__어머니의 옷 外 2편 ····················69

변우택__독도 外 2편 ······························73

송태한__우레를 찾다 外 2편 ···································76

신미균__오래된 의자 外 2편 ·······························80

양순복__인사동 화가 外 2편 ·······························84

오점록__시월에 外 2편 ·····································88

유동애__살구나무 1 外 2편 ·······························91

이경주__타나토노트 外 2편 ·······························93

이신강__날마다 죽는 남자 外 1편 ·······················97

이춘희__안개꽃 外 2편 ·····································100

이혜선__흘린 술이 반이다 外 2편 ·······················103

임광숙__이별 外 2편 ·······································106

정성재__그랭이질 外 2편 ···································110

조정숙__시래기 外 2편 ·····································113

포공영__회상回想 外 2편 ···································117

한상림__스며드는 저녁 外 2편 ·····························120

김영석__홍매 外 2편 ·······································124

김창운__동구릉의 봄 外 2편 ·······························126

유귀덕__텃밭이야기 外 2편 ·································129

이연정__당신과 수면등 外 2편 ·····························132

조영희__가을이 데이었다 外 2편 ·························135

이경애__눈꽃 外 2편 ································138
정영기__달맞이꽃 外 2편 ························141
정현정__흙 外 2편 ·································144

제2부 수필

강라헬__봄을 부른 고추장찌개 ················149
김병관__둔공鈍功 ·······························154
박 희__잘 죽는 법 ·····························158
윤영남__저녁노을에 시험 들 때 ··············164
장순월__붓끝에서 피어나는 난향 ············168
전해주__버릴 수 없는 우산 ···················170
정정숙__등잔 밑이 어둡다 ····················175
한옥련__햄스터와 정情이 들다 ··············179

제3부 소설·동화

박서영__모래집 ···185
강용숙__황사장의 마음감옥 탈출기 ·······························191

제1부 시·시조·동시

함박꽃 外 2편

강 병 숙

함박꽃

오월의 뒤껼 마당
환하게 웃는 엄마 얼굴이 가득하다

해맑고 탐스러운 꽃
엄마의 정원에선
우리의 용돈이 무럭무럭 자랐다

이슬 맺힌 봉오리들로 가득한 양동이가
엄마의 머리에서
일렁일렁 춤을 추며

※ 2010년 ≪국보문학≫으로 등단

새벽시장으로 향하고

양동이에 아이들 꿈을 대신 채워
가벼운 걸음으로 돌아오곤 하셨지

온갖 정성으로 쌓인 발품 뿌리엔
약 약 약
작약이라 했던가
엄마의 풋풋한 내음이 진하다

강남의 매미는

나무의 멱살을 단단히 움켜잡고
악을 쓰며 울어댄다

시멘트가 뿜어내는 열기
질주하는 자동차의 매연
강남역 인산인해의 어지러움
못 살겠다고 울부짖는다

십칠 년 어둠 속 긴 고뇌 끝에
칠 일 간만 허락된 지상의 구애
〉

초록빛 노래로 짝 찾기는 애당초 틀렸다

화려하게 치장된 강남 빌딩 숲의 유혹
포부가 너무 컸다

누구에게나 주어지는 기회의 숲은 아닐진대
임차 당한 욕망이 너무 짙었다
몸이 패인 줄도 모른 채

하늘의 뭉게구름과
바람의 침묵과
솔방울이 다닥다닥 붙은
소나무 언덕이
서쪽으로 기울 때가 아른거린다

덕후*역 대합실

달나라와 화성에 갈 사람들로 북적인다
로켓 모형을 진지하게 들여다보며
메모도 하고 사진도 찍는다
언제 떠나게 될지 막연하지만
그런 것은 개의치 않는 표정들이다
덕후역 대합실에 있다는 자체가 흥분이다

〉
앙투안 드 생텍쥐페리의 어린 왕자가
소환되어 왔을 때
상자 안에 있는 양을 보려는 사람
보아뱀을 이해하려는 사람
성당만큼이나 큰 바오밥나무를 보려는 사람
사하라 사막에서 특급열차를 타려는 사람
4차원의 사람들로 가득 찼다

빈센트 반 고흐의 작품들이 초청되면
별이 빛나는 밤* 앞에서 종일 서성일 생각이다
생 레미에 요양원에서 바라본
어떤 별자리의 별이 그토록 빛났는지
수도자의 생애처럼 살지 않은 것에
그는 왜 그토록 회한을 가졌는지를
평생 멘토였던 태후의 넓은 마음으로

지도상에는 없는 덕후역
그러나 대합실에는
열정과 흥미의 뇌관이 가득해
언제 폭발할지 모르는 생경감으로 넘쳐난다

*덕후: 어떤 분야에 몰두해 전문가 이상의 열정과 흥미를 가지고 있는 사람

고양이 액체설 外 2편

강 서 일

고양이 액체설

고양이는 액체라고 주장하는 사람이 있다.
맞지도 않는 종이 상자에 몸을 맞추고
동그란 어항에도 구겨져 들어가는 고양이는
분명 흐르는 액체다, 딱딱한 책이 아니다.
(그는 분명 시인이며 화가일 것이다.
시인은 엉뚱한 시론으로 언어를 조작하여
새로운 사실을 발견한다. 언어로 고정된
이미지를 흔들어 또 다른 사물을 창조하고
화가는 형태를 부수어 뒷면을 보여준다.)
그렇다면 이 세상의 모든 것은 끝내

※ 1991년 ≪자유문학≫으로 등단

시간 앞에 액체다.
나무도 비단뱀도 남한산성도 액체다. 녹아 흐른다,
흐르고 흘러 어느 순간에
기체가 될 것이다. 그러니 사람들이여
금광을 가졌다고 좋아하지 말지어다.
금보다 먼저 당신이 액화하고 기화되어 사라질 것이다.
그럼 우리집 고양이는 액체가 아니라
기체다, 라고 나는 주장한다. 그렇게 우기고 보니
왠지 몸이 가볍고
늦은 봄밤이 더욱 향기롭다, 액체고양이여!

도서관을 보라

먼지를 물고 있는 저것들은 조팝나무다 가문비나무다
사월이면 푸른 봄비를 맞고
칠월의 새들을 키우던 공중의 집이다

나무들의 속살을 펼치면
주머니에 돌을 넣고 공원을 지나
강으로 들어가는 여인이 보이고
산정의 토굴에서 홀로 빠져나온
미치광이 초인이 세상으로 내려간다
〉

서가에 꽂힌
저것들의 형제는 시인의 밥상이요, 강의 돛단배요
해와 달의 음악을 낳는 거문고다
사랑에게 심장을 다친
한 사내는 밤새 신음하고, 신생의 벌레들은
늙은 글들을 하루의 양식으로 삼는다

한 사람의 일생을 집어삼킨
책들이
격렬한 비밀을 간직한 무기수처럼
침묵의 눈으로 때를 기다리는 아침,
독서 격검이 난무하는 언덕, 저기 저!

맹수도 퇴근한다

  동물원의 맹수들도 퇴근을 한다 구경꾼들이 떠나자 그들
도 하나둘 철문으로 사라진다

  그곳은 나무들의 뿌리가 하늘로 솟구친 초원이다 먹다
남은 붉은 고기도 걸려 있는 태초의 땅이다

  해 뜨면 우리로 출근하고 해 지면 철문 달린 시멘트 집으
로 돌아간다 그곳에 밀림의 노을이 진다 자신의 상처를 핥아

주던 어미의 부드러운 혀도 있다

　문 열리기를 기다리는 저 뒷모습, 생각은 살아 있고 감정
은 죽어있는 너희를 보는 우리들,

　어느 동굴에서 달려오는 막차를 기다리며 무언가를 잃어
버리고 돌아서는 어둑한 시간, 날벌레가 달라붙는 밤이다

　침묵의 뾰족한 조각들이 두 다리를 웅크리게 하는 밤, 피
곤한 초침들이 모래밭으로 발을 옮기는 순간이다.

문주란 外 2편

구 태 회

문주란

가냘픈 꽃허리로
육모정 단을 세워
고향을 그리면서 기도하는 문주란
보름달 파란 달빛이
가는 허리 휘감는다.

십 년을 수놓아도
십여 일 향기인데
베란다 좁은 창은 천일을 지새우고
문주란 맑은 향기는

※ 1983년 《시문학》 천료 등단

은하계를 태동한다.

속진에 뿌리해도
진세를 벗어나니
은하수 물을 빚어 달빛으로 깃 내리고
원행은 한줄기 향기
바라밀 장엄한다

우리 별

잠자다 일어나서
사방을 둘러보고
엄마는 외갓집서 아직도 안 오셨어
귀천을 알 리가 없는
갓 일곱 살 내 동생

한밤 후 오신다고
달래고 또 달래도
네 설움 내 설움에 은하계 엄마별은
칠순을 넘긴 지금도
그 자리에 서 있다

흰 구름 오고가듯

생사는 고요한데
한 생각 일으키면 별이 된 엄마별은
오실 듯 오시지 않고
그리움만 쌓인다.

수평선 그리움

수평선
그리움은
무지개 일곱 빛깔

동박새
두 연인은
언제나 쌍무지개

해조음
동백섬 연가
오륙도도 춤춘다

시간의 역사* 1 外 2편

권 현 수

시간의 역사* 1

발끝에 매달린 시간은
머리 위에 얹힌 시간보다 느려서
솜틀만큼 느려서 우리는
어지러워 넘어지지 않으려면
언제나 달려야 한다
쉬지 않고 달려야 한다

한 생生에서
다음 생生으로
또 다음 생生으로

※ 2003년 ≪불교문예≫로 등단

끊임없이 달려야 한다

멈춰요 제발,
멈춰서 당신 자신을 찾아보라니까요

돌아보는
내 그림자에 놀라

다시 달리는 지금

*스티븐 호킹, 『시간의 역사(A Brief History of Time)』, 삼성출판사, 1990.

감물이 들다

어느 한 생生에

나

풋감으로 떨어져

네 소매 자락 부여잡고

늘어진 적 있었네
〉

투둑!

감꽃 떨어지는 소리

눈꽃 세상

눈 오는 날에는
장우성의 동경산수화 속으로 들어가자
담묵으로 가늘게 뻗은 필선을 따라
고만고만한 나무들 이웃하고 서 있는
겨울 풍경 속으로 걸어 들어가자
젖은 화선지 품으로 번지는 먹물과 같이
生의 줄기를 타고 얼룩진 고통의 흔적들은
겹겹이 모란 송이를 한 눈이불로 덮어주고
점점이 날려 달빛조각처럼 어지러워진 마음은
무심필 결 따라 흐르는 붓끝에 모아
푸근한 설경 속으로 빠져 들어가자
천지가 드디어 제 스스로 빛나는
눈꽃 세상이 되었을 때
나는 굵은 갈필로 깊은 뿌리 하나 내려
너의 곁에 자리 하리라
화폭 아래쪽으로 낮은 포물선을 그리며
멧비둘기 한 마리 날아 지나간다

언어의 기도 外 2편

김 미 형

언어의 기도

늘 밖을 기웃거리는 말을 자제하여
삶이 헤프지 않은 사람이게 하소서

화려한 옷을 입은 말로써
말을 희롱하지 않으며
언어의 여정에 이끼가 되지 않는
흐르는 물 같은
그대와 내가 되게 하소서

거침없는 말과 행동이 넘치는 빗물 같다면

※ 2004년 ≪무지(無知)≫로 작품 활동 시작

그것이 참이라 할지라도
사람을 잃게 됨을 알게 하소서

누에가 명주실을 자아내듯
결이 고운 언어의 집에
사람의 향기 그윽하게 하소서

거친 부평초 언어
거대한 무리의 붉게 쉰 목소리
빈부를 가르는 문화적 언어
거역할 수 없는 용광로 같은 종교적 언어
난치성 슈퍼 바이러스 언어

생명은 빛의 자식이듯
단순한 진리에서 형이상학을 통찰하는
지혜로운 별이 되게 하시고
모두 정갈한 언어의 사원에서
하루의 창을 열게 하소서

인연이 흐르는 강

문틈으로 살짝 들어온 노란 은행잎
의자에 곤히 잠들어 있다

바람에 기대어 온
야윈 그를 물끄러미 바라보며
깰까 봐 선뜻 앉지 못한다
일곱 빛깔 꽃잎으로 영혼을 물들이던 날
태양을 잃고 절규하던 푸른 날개,
허리 휘도록 안았던 품 안의 자식들
얇은 속눈썹 아래 젖어 있다

그 속에 어머니
그리고 내가 있다

무탈無頉

바람이 불지 않은 한 해 없었다
마음먹은 대로 이루어진 한 해도 없었다
무슴슴한 한 해도 없었다
입안에 혀 같은 인연은 더더욱 없었다
내 마음도 나에게 그랬다

숨이 차면 느리게 걷고
말[言]이 말[馬]이 되어 달리면
말[言]을 쉬게 하고
슬픔이나

아픔이나
외로움이 손을 내밀면
낯설지 않은 숨처럼 보듬고
더 슬프고
더 아프지 않아
고맙다고 다독인다

거친 바람 앞에서는 몸을 낮추고
흔들리면서도
길을 잃지 않고 걷는다

느리게

장경각에 기대어 外 2편

김 민 정

장경각에 기대어

살아 있다, 흙의 숨결 꿈틀대며 숨을 쉰다
뜨거운 불길 속을 맵차게 날아오른
새 떼가 날개를 접고 에둘러 앉아 있다

장대비를 머금느라 낮게 뜬 먹구름아
가만히 있지 못해 철벅대는 마음들아
한순간 부대낌 같은 눈물은 벗고 가라

헛되이 휘둘렸던 세상일 던져두고
한결같은 겉과 속을 오롯이 필사할 때

※ 1985년 《시조문학》 지상백일장 장원 등단

천둥도 한번은 울어 제 뜻을 알려준다

남과 북 나눔 없이 바람은 오고 가고
동과 서 구별 없이 굽이치는 말씀 있어
어둠을 벗어버리면 꽃밭이 따로 없다

정방폭포

직립의 곧은 길을 여기 와 나는 보네
구차함도 망설임도 거느리지 않는 몸짓
뉘 위한 간절한 기도 저렇게 쏟아내나

아득히 햇빛 너머 떨어지는 저 고요,
용머리 구름 아래 떨어지는 저 고요,
마음 끝 둥글어지게 모난 곳을 깎아주며

눈 속에 감추어둔 근심이 있었던가
눈물로 젖어 들던 무엇이 있었던가
서귀포 다 못한 사랑, 나는 네게 안긴다

나무의 내력

강물은 흘러가고 시간은 지나가도
나무는 한 자리에 천년을 지켜 살지
첫마음 그대로라며 나보란 듯 서 있지

푸른 나뭇잎이 바람을 껴안을 때
실핏줄 맑은 잎맥 물을 끌어 올리지
폭풍이 휘몰아쳐도 굽힘없이 견디지

나무 한 그루가 울창한 숲 이루려면
사계절 부지런히 뿌리에서 우듬지로
쉼 없이 제자리에서 천둥벼락 이겨야지

세월이 흐르면 外 2편

김 상 호

세월이 흐르면

세월이 흐르면
아득한 옛 생각에
눈시울 절로 붉어지리라

그대 얼굴 떠오르면
눈물 어려 희미해지고
그대 이름 불러보면
바람결에 생소해 지리라

내 생애 가장 가슴 아린 날들이

※ 2005년 ≪백두산문학≫으로 등단

안개꽃 아롱지듯 다시 피어나리라

세상을 다 돌아도
이를 수 없는 그대

그 이름 목 놓아 부르다
내가 스러지고
내 영혼이 스러져도
살아 있는 날의 그리움은
또 어이하랴

속지재 * 이야기

길손의 두루마기
아지랑이 군무에 섞여
청산으로 사라지면
고개는 그리움이 되었다

걷고 또 걸어야 하는
유년의 속지재
선계로 가는 길은
하늘에 닿았다
〉

정겨운 초가지붕과
나를 기다리던 어머니
떠나갈 땐 반나절
돌아올 땐 한걸음이었다

*속지재: 안동 봉정사 남쪽 고갯마루

거울

어느 날 거울 속에서
아버지의 얼굴을 본다

기억 저편으로 멀어져 간
함께 한 육십여 년이
아스포델* 어스름 오솔길 따라
나를 향해 다가온다

뒤돌아 볼 수는 있어도
돌아갈 수 없는
그 길에서 마주한 인연들

봄날의 화려함도
가을의 풍성함도

모두 떨쳐야 하는 나무처럼

아쉬워할 수도
기다릴 필요는 더욱 없는

매듭 없는 시간의
거울 속에서 나는
아버지를 닮아간다

*아스포델: 로마신화에서 사람의 영혼이 사후세계로 들어가는 초원에 피는 백합과의 꽃

메시지 外 2편

김 일 중

메시지

생활에 지쳐 권태를 느낄 때
굴레에 매인 듯한
스트레스로 숨 막힐 때
부르짖는 메시지
내가 하는 일이 의무라면
인생은 지옥이요
내가 하는 일이 권리라면
인생은 천국이다

하루하루가 덧없고 허무하며

※ 2001년 월간 《한맥문학》으로 등단

의욕 상실과 절망의 늪에
빠져 있는 그대에게
내가 살아가는 오늘은
그 누군가가 그토록 간절하게
살고 싶어 했던 내일이다

때로는 세파에 휩쓸려
때로는 취생몽사醉生夢死
비몽사몽으로
살고 있는 당신에게
아침에 늦잠 자고
낮에 술 마시고
저녁에 부질없는 얘기를 하면
인생을 쉽게 털린다

가진 게 없어서
아무것도 할 수 없다고
한탄하고 포기하는 자여
가진 게 많아서 부러울 게 없다고
자만하는 자여
사랑을 줄 수 없는
어떤 가난한 사람도 없고
사랑받지 않아도 될
어떤 부자도 없다

〉
인생의 절체절명
중요한 선택의 기로에 선
사람에게 주는 메시지
결코
사라지지 않을 것을 위하여
결국
사라져 버릴 것을 버려라

우리 이름은

그대 이름은 쓸쓸한 고래
나의 이름은 사나운 파도
우리 이름은 다정한 친구

그대 이름은 무심한 들꽃
나의 이름은 방랑의 나비
우리 이름은 달콤한 연인

그대 이름은 외로운 여자
나의 이름은 고독한 남자
우리 이름은 행복한 부부
〉

그대 이름은 적막한 공간
나의 이름은 방황의 별빛
우리 이름은 꿈꾸는 하늘

지평에서 만나리

강자와 약자
정글을 지나

사랑과 미움
산맥을 넘어

정의와 불의
다리를 건너

지배와 피지배
왕궁을 거쳐

부유와 가난
도시를 뚫고

잘나고 못난
화원 헤치고

〉
승리와 패배
들판을 달려

맨몸으로
강을 건너면

우리 거기
지평에서 만나리

저녁 밥상 外 2편

김 태 경

저녁 밥상

굽이진 논길 따라
볏단 지고 오신 아버지
별빛도 함께 지고 오셨지요
평상 위로 대추나무 한 그루가
달그림자 드리울 때
소반에 둘러 앉아 식구들
보름달 바라보며
기도를 반찬 위에 얹어서 먹었지요
들녘을 건너온 바람도
햇살로 여문 곡식도

※ 2009년 ≪모던포엠≫으로 등단

소반 위 그릇에서 다 눈부셨지요
어머니의 손끝에서
버무려진 고운 밥상 위로
웃음이 건너가고
오물거리는 입 사이로
밥알은 달디단 별이 되었지요.

비밀의 숫자를 누른다

비밀의 숫자를 누른다
이 별에서 처음 만나던 날을
날마다 당신의 기억을 누르며 들어간다
문을 열 때마다
함께 걸어온 길을 각인시켜주는 비밀의 숫자
가끔, 문 앞에서 사랑을 생각하며
오랫동안 서성일 때도 있어라
슬픔을 닦아주지 못해서
더 살갑게 대해주지 못해서
뉘우침으로 앉아 모과나무를 바라본다
가을로 익어가는 모과 열매보다
모가 난 삶은 아닌지
향기 짙은 사랑으로 안아주면서
잘 살아가고는 있는지

되새김질로 나를 곱씹는다
비밀의 숫자를 누르고
조용히 들어가서 만난 사랑은
아무도 돌아오지 않은 빈방에 앉아
홀로 사경하다가 전화한다
양팔로 안았던 기쁨에게
언제나 눈부신 별들아
안식을 찾아 들어올 때마다
너희들이 사는 세상에 네온사인 밝아도
문소리 그 기다림을 위해
잰걸음으로라도 서둘러 돌아오너라
사랑의 문을 열어라

아버지와 딸

어단리 정미소에서 피대를 감고
방아를 찧으며 살다가
이웃이 주는 정으로 사시다가
이제는 기침 쿨럭거리며 누워 있는 생
자식들 떠난 자리
또 쓸고 닦으며 기다리며 살다
쓸쓸함을 덮고 있는 노을을 바라봅니다
내다보는 대문 밖 바람만 지나가고

기다리는 자식 같다며
좁쌀알 먹이로 놓아
날아온 참새들 바라보며 웃으신다
저물어가는 삶에 어둠이 내리고
한세월 살다 보니 사는 게 다 꿈만 같으시다며
나 홀로 와 세상과 어울리다
홀로 가는 인생인데
그 좋은 술 한 잔도 마시지 못하신다며
건네주시는 한 잔의 서글픔
목이 메는 저녁 무렵
좁쌀 먹고 힘내어 날아가는 새처럼
오늘도 남아 있는 하늘은 눈부시기만 합니다
그 든든한 감나무 그늘에서
감꽃이었다가 감으로 익어가는 나이에
명절이라 찾아온 딸이
홍시 같은 아버지 곁에서
말랑말랑한 슬픔을 닦아 드리고 있습니다

여의도공원 동물원 外 2편

김 태 옥

여의도공원 동물원

그 많은 공원 중에 하필이면
여의도 그 공원에만 있을까

주인도 못 알아보고
형형색색 천방지축 불나방 같은
동물들이 모여 추태 부리고
오사리잡놈들이 모여 노는 동물원

이제 버려야 할 동물들이 너무도 많다
〉

※ 월간 ≪한맥문학≫으로 등단

권불십년이란 말도 못 알아듣는
어리석고 부도덕한 무리…

배고파도 죽지 못해 허우적거리는
불쌍한 쪽방촌에 시들어가는 인생은 나 몰라라
양같이 순한 백성 못 본 척하다가

그날이 되면 아무에게나 정수리 땅에 닿게
무릎 꿇고 읍소애걸에 여의도 공원 입소하면
그때가 언제였더냐
보고도 모르는 척하고 노는
여의도 공원 동물들

이 동물들의 개화改化가 필요한데
어느 교련사가 개화시킬까

그 교련사는 불쌍한 서민과 순한 백성인 것 같은데

이들은 마음이 착해서 입소애걸에 속고 또 속으니,
앞으로는 그때가 되면 그들의 애걸복걸에 속지 말고

주인을 알아보는 진돗개 같은 놈과
오른손이 하는 일 왼손이 모르게 하는 놈을
여의도 공원 동물원에 집어넣어야 한다

혼자 사는 연습

당신이 친구들과 여행가고 없던 날
나 혼자 살아가는 연습해 보았네
평소에 자주 했으면 어려움이 없을 걸

전기밥솥 사용법을 살펴서 밥을 짓고
냉장고 여기저기 뒤져서 반찬 찾고
세탁기 사용법 보면서 빨래도 했다네

낮에는 그런대로 시간을 잘 보내고
밤이 되니 집안이 냉랭하고 쓸쓸하여
밀려온 고독을 이겨낸 연습도 해 봤네

청소

의사당에 들어서니 부정한 냄새가 난다
쓰레기가 너무 많아 빗자루로 싹 쓸었다
구리한 냄새도 씻고 바퀴 벌레도 잡았다

구석구석 쌓여있는 썩어빠진 쓰레기를
치우고 걸레로 닦고 방향제도 뿌렸다
의사당 내부가 말끔히 청소되어 향기롭다

〉
역시나 쓰레기는 치워야 하는 구나
그렇게 구리 구리한 오물이 쌓인 곳을
말끔히 청소를 하니 품위가 있는 의사당

시

와당瓦當 外 2편

남 민 옥

와당瓦當

연화 무늬 와당을 본 날
내 기억 어딘가
비슷한 각인이 있을 것 같아
살피고 만져본다
그 빛깔과 무늬
어느 땅에 살았을까
먼 기억 속 시간을 찾아가는 일이
내 전생을 찾아가듯 스산하다
한 때 지붕 한 편에서
일가를 이루고 살았을 와당

※ 1993년 ≪문예사조≫로 등단

옅어지고 빛바랜 와당의 시간을
거슬러 올라가는
침묵의 시간 내내
발해의 꿈을 꾼다

이렇게 아린 무늬는 처음이다

물의 집

내가 흐르다 어디쯤 멈춰 있다고
여기가 내 집일까

돌아보니 굽이굽이 흘러온 흔적들
이슬이 되어 사라지거나
안개가 되어 떠난 이들의
견고했던 집도 기억일 뿐이어서

물이 태어나던 날부터
그 마지막 순간까지
머문다고 머물어진 시간이
있었는지

이사한 집을 가꾸며

여기 몸담을 시간을 계산해보다가
집 속의 나를 들여다본다
물은 집을 짓지 않는다

숲이 쓰는 시

숲에서 읽는 시는
왜 더 설레일까
달콤할까 맛있을까

산길에 놓인 의자에는
개미도 벌레들도 앉아
걷다가 쉬고 싶을 때쯤 슬며시
그 틈을 비집고 앉아
시를 하나 골라 읽는다

나무와 꽃과 산새들이
촘촘히 써놓은 시
즐겁고 생생하고 담대한 여유

나도 자연이 되기 위해
발끝부터 푸르게 단장하고
한 편의 시가 된다

〉
태초부터 부름에 순응한 듯
숲과 닮은 빛깔이 된다

오늘이란 요리 外 2편

남 시 호

오늘이란 요리

나의 새날이 오셨다
나의 오늘 요리를
나는 잘 만들 수 있을까
철딱서니 한 큰술
미친 창조 한 큰술
들이대는 파워 한 큰술
하다가 물러설지언정
흰나비 날갯짓으로 버무리니
엄청시리 잘 만들 수 있네
오늘은 어제보다

※ 2008년 ≪순수문학≫으로 등단

몇 센티 더 맛이구려 여보게
훤칠한 비주얼 오늘 요리
내일까지 뽐내고프다

흑장미

가파른 가시길 오른 이여
꽃보다 더 한 이여
애창곡은 무엇이나이까

침묵 일삼는 카리스마
쉬이 범접할 수 없는 이름이여
도레 도레미 파파 솔라시
누구를 기다림 하나이까

젖은 밤은 깊이 스며드는데
소담스러운 임과 함께라면
탐나는 세상놀이 임과 함께라면

절정에 오른 이여
얼마간이라도
단 얼마간이라도

세월의 길 거닐다가

세월의 길 거닐다가
햇살 가득할 것 같아
누구에게나 살며시 들어가 보면
깊고 깊은 사연이 누워 있어

세월의 길 거닐다가
어둠이 휘몰아쳐
아무에게나 문 열고 들어가 보면
버리고 싶은 상처 생명처럼 살지

세월의 길 가다가
마음 문 열고 살그머니 들어가 보면
나만의 깊은 아픔만은 아냐 아니야

너도 이런 날 있었지

철길 外 2편

도 경 원

철길

굳이 만남이 없으면 어떠랴
혼자로는 아무런 의미도 없는 것

내가 있어 네가 있듯이
네가 없으면 나조차 없는 것을

만남이 없으면 어떠랴
만남은 결국 이별을 안겨 주는 것

처음 시작하는 순간부터

※ 1998년 ≪문학세계≫로 등단

더는 갈 수 없는 그곳까지
한 번의 포옹마저 없으면 또 어떠랴

나는 네 곁에 너는 내 곁에
늘 같이 있다는
그것만으로 행복한 것을…

회상回想

파도는 천 번을 밀려와도
같은 모양을 만들지 않고
바람은 만 번을 지나가도
형체를 보이지 않는다

길지 않은 삶
겨우 한번을 왔다 가면서 나는
지나치게 많은 형상形像을
드러내려 했던 것은 아닐까

산등성이 구름이 앉았던 자리,
찬란한 무지개가 드리웠던 곳에도
흔적 하나 남지 않는데
〉

삶, 어디쯤서 고쳐 살아야 하나

징검다리 위에서

여기를 지나갈 때면 언제나
한쪽 다리가 없는 것만 같아
연신 불어오는 바람 속을
흔들리며 걸어온 길 끝에서
누군가가 놓아준 한 점의 돌

일방통행이라 돌아갈 수는 없고
머물러 있을 수도 없으니
조심스레 조금씩 나아가지만
앞서간 이의 고마움조차 모를라
돌이 되어 엎드린 고마운 사람들

하나 정도 더 있으면 좋을 듯한
어디 빈자리 있는지 찾아보자
세상에 왔다가는 몫은 해야지
누군가 발 젖지 않고 밟고 지나갈
한 개의 돌이 되어 엎드려 있자

장마 外 2편

박 법 문

장마

들고양이가 울며 다가온다
측은한 마음에
노란 보름달을 주었다

잡초가 혼란스러운데
해바라기 장군이 서 있다
코스모스 별이 흔들리고
원추리는 환하게 웃는다

비가 내린다

※ 월간 ≪시사문단≫ 시·평론으로 등단

빗소리를 듣는다
시간과 기억이 사라지고
사랑도 두려움도 지워진다

연꽃이
숨결같이 속삭인다

금강산을 바라보며

명절이 되면
홀로 피난해 온 아버지는 우셨다
고성 통일전망대에서 바라본 금강산
아버지는 공산당이 두려워
유람선에서 내리지 못했다

선산을 찾아가 조상님께 큰절을 올리고 싶다
황해도 황주군 청운면 구성리
나는 장남이니
온 가족의 조각난 가슴을 치유하여야 한다

대한민국이
문화, 기술, 도덕
세계 최강국이 되는 날

단군의 영토를 회복하고
한겨레 한 핏줄 똘똘 뭉쳐서
기쁨의 눈물 흘리는 날
꼭 오리라!

젊은 대한의 아들딸들이여!
활기차게 푸른 꿈을 키워라
우리 세대는 논밭의 거름이 되어도 좋다
다만, 죽기 전에
남북통일을 보고져.

시인론

허공과 같은 마음에
먹구름이 가리고
무지개가 뜨는 것을
바라보는 것이 시인
인과에 어둡지 않아서
행복과 불행에 집착하지 않고
지혜롭다

시인은 견자
심상을 관찰하고 승화시켜

인생의 결정체를 그려 낸다

시인은
해탈의 언덕에 오르는 자
현실을 가상이라고
생각하는 자는 허무주의자
가상을 현실이라고
생각하는 자는 몽상가
생각이란 원래 허공에 생긴 뼈
이렇게 깨달은 자

무애자無碍子여
세상에 속하지 않았구나
무한자無限子여
흔적이 없구나

오래 달인 어둠 外 2편

박 천 순

오래 달인 어둠

창백한 태양 앞에서
내 안의 어둠을 달인다
바짝 졸은 어둠이 목젖에 엉겨 붙는다
입 안의 혀가 무겁다

당신과 나의 그림자가 겹쳐졌다
나뭇잎이 헛바닥을 세워 상처 난 하늘을 핥고 있을 때
함께 껴안은 달빛,

그 달로 목구멍을 환하게 채울 수 있을까

※ 2011년 《열린시학》 시 부문 등단

〉
부풀었다 말라가는 당신
바스락 흩어지며
검은 노을로 눈썹에 걸린다

오래 졸아든 시
쓴 환약으로 목에 걸린 당신

삽시도

물결이 수북하게 쌓여있다
숨 쉬고 싶을 거야, 모로 누운 몸 사이로
은빛 멸치 떼 물살을 가르고 튀어오른다

참았던 숨을 내쉬어 보자
비늘이 있다면, 온기가 있다면 더 잘 자랄 거야
바다는 토닥토닥 물결뚜껑을 매만진다
햇살 따라 장독 덮개를 갈무리하던 어머니처럼

간밤 비에 말갛게 닦인 바다가 빛난다
이제 곧 하얀 포말 꽃이 필 테고
깊은 바닥 층층 물고기 떼 분주해질 거다
나는 폭신한 해변을 걸으며 마음껏 상상한다

〉
오늘의 물결 아래 어제의 물결, 작년의 물결, 그 이전의
물결, 맨 밑의 물결
시간이 건너갈 때마다 무거워진 어깨를 무너뜨리고 누웠
을 거다

숨소리가 멎고
숨소리가 바닥이 되고
숨소리가 먹이가 되는

방금 잡은 멸치 하나 손바닥에 놓고 들여다본다
너무 꼿꼿해서 아프구나

죽음과 생명이 끊임없이 몸을 바꾸고
푸르게 푸르게 익어가는 바다
이 많은 숨소리의 환생이 너무 눈부셔서 아프구나

엔트로피

이것은 카레일까요
들끓던 오름이 아직 뜨겁습니다
질척하거나 되직하거나
노랗게 변색된 길을 걸어갑니다

기분에 따라 언덕의 높이는 달라져요
양파 당근 감자 서로 옆구리를 부딪히며
무너진 경계
붉은빛을 잃은 고기는 고기인가요

나는 여전히 나인가요
눈 코 귀 나라고 여긴 것들이 점점 퇴화되고
세모 속에선 세모처럼, 네모 속에선 네모처럼
어설픈 변신에 손금이 닳아가는데

손톱 눈썹 머리카락 변방의 나까지 나열하니 내가 너무
많네요
이 많은 내가 길 위에서 끓고 있어요
발이 땅에 닿는 것은 금기
허공에서 퐁퐁, 바닥도 없이 나는 자라고
애야 물 좀 더 마시렴
너무 되직하면 목이 멘단다
엄마는 아직도 나를 만들고 있는데

카레에 비빈 밥이 점점 뻑뻑해져요
부드러움에서 멀어지는,
이건 라이스일까요, 나일까요

*엔트로피: 모든 것은 질서화에서 무질서화로 변화되므로 그 정체성이 불확실해진다는 뜻.

어머니의 옷 外 2편

배 성 희

어머니의 옷

시어머니는
아들이 입다가 누레진 와이셔츠를
싹둑 찌든 목둘레 잘라내고
소맷귀도 도려내어 윗도리를 만든다
마음의 상처, 허물을 꿰매어
희끗희끗한 옷에 이 모양 저 모양 인자한 주머니 풀어
단추를 달아서 입으셨다

키가 큰 어머니
깡충 올라간 소매는 뜨개질로 덧댔다

※ 1994년 ≪문예사조≫로 등단

치마는 천을 끊어서 만들어 입으시더니
언제부턴가
와이셔츠를 새롭게 탄생시킨다
새 옷은 장롱에 넣어두고
늘어진 고무줄을 갈아 끼우고
천을 덧붙여 깁는 속옷
평생 한 벌 옷
비녀를 찌르고 분 한번 바르지 않은 맨얼굴
아픈 다리를 끌며 등껍질 손 험하여도
절망이 납작 엎드려 무릎 꿇어
묵묵히 울음도 끌어안고 속앓이 끌어안은
따스한 그 품에 기대면
낡은 섶이 폴폴 되살아났다

한 벌쯤, 새옷을 입고도 싶었을 텐데
쓸만한 것은 나에게 안겨주고
쭈글쭈글 바랜 그 속옷 장롱에 고이 있다
봄은 폐기 되어도
파랗게
어머니 체취만이 새근새근
살아 숨 쉰다

가을

나뭇잎 부스럭거리는 소리가 들립니다
녹색이 마음을 갈아입는 소리들
가을의 신호입니다

여름이 만든 색채는
울렁거리던 젊은 날이 돌아와 앉는 자리마다
냇물에 스며들면 물 드럼을 치기도 하고
알 수 없는 소리를 쏟아내기도 했습니다

들판에 묻어 놓은 환한 날들도
작은 꽃의 입을 빌려 못다 한 말을 환청처럼 들려주고
혀끝에 달린 달콤 쌉싸름한 말들도 끼어들기를 하여
속살대는 바람의 길을 막을 수는 없습니다

내게로 건너온 당신을
기어이 가슴에 부려 놓고 갑니다

말의 씨앗

말은 언제나 힘차게 달려야 한다는
생각에 사로잡혀 있습니다

〉
소곤소곤 귓속말하여도
큰 소리로 고함을 지를 때에도
입에서 뱉어낸 난파된 말은
형체도 없이 떠돌다가 흩어지기도 하고
악천후를 만나면
뭉쳐져 씨알이 되기도 합니다

말에도 항로가 있습니다
열정의 뜨거운 말은 그 가슴을 찾아
비집고 들어가 자리를 잡습니다
냉정한 말도 냉정함의 자리를 내어줍니다
삐뚤어진 마음을 교정하려
발효를 거쳐 보내기도 합니다

따뜻하게 품어 녹은 말은
그 결을 따라 흘러 내게로 돌아옵니다

가시는 뭉툭해져 그 누구도 찌르지 않습니다

독도 外 2편

변우택

독도

뭍에서 머언
수평선 넘어
해조음에 잠을 깬
단애의 돌섬

조국의 간장 끊어
닻을 매고
오천 년 사직을 이은
초병의 늠름한 기세
〉

※ 2010년 ≪백두산문학≫으로 등단

여기,
이 땅을 지키다
가신 님의 혼을 묻어
절해고도의 한을 지우나니

장한 막내 독도여
나의 강토여!
의지하여 조국은
너를 믿는다

옛 동산에서

삭풍 한설 몰아치던 깊고 깊던 삼동 겨울
잃어버린 세월인 양 죽음 같이 보낸 연후
꽃 피고 새 우는 강산엔 천지 기운 새롭다

올봄도 옛 동산에 진달래꽃 피었는데
옛적에 같이 놀던 동무들 다 어디 가고
나 홀로 외로이 앉아 그 시절을 그린다

소리쳐 불러 봐도 대답 없는 이름들이
지난 세월 가지마다 꽃망울로 맺었다가
황혼이 비낀 산천에 두견화로 피었다네

춘설

밤 자고 일어나니
춘설이 조팝인 양

사방에 소리 없이
나무마다 맺혀 있다

반기며
창문을 여니
온 산천이 순결이다

눈이야 언제 와도
애인처럼 반갑지만

춘설이 질척여도
사랑보다 애틋함은

아마도
동풍에 곧 녹는
허전 때문 아니랴

우레를 찾다 外 2편

송 태 한

우레를 찾다

구름 모퉁이 뒤에서
목 고르는 소리만 들어도
당신이 날 부른다는 것
이내 예감하죠
층층 바람길 허공을 가로질러
구름 계단 성큼 밟으며
수백 리 외진 땅 언저리에서
당신이 날 찾아 헤맬 때
남몰래 심장은 쿵쾅거리죠
온몸 흠뻑 젖도록 감동 주고

※ 1983년 시집 《교정을 나서며》로 작품 활동 시작

머리칼부터 발끝까지 저리도록
불현듯 다가와 감전시킬
전율 같은 당신의 손끝
등줄기에 각인된 어둠 속 사랑
아무도 우릴 못 알아봐도
꿈꾸듯 목덜미 어루만지며
빗줄기가 잠을 깨우면
굴뚝 위 곧추앉은 피뢰침처럼
까치발 딛고 어둠 속으로
불 켜고 다가올 당신을 어느덧
내가 되찾고 있죠

식물도감

빼곡한 책시렁에 갇혀있던
큼직한 책을 펼쳐 들면 불쑥
숨어있던 꿀벌이 앵앵거린다
책갈피 잎사귀 틈에서 살며시
모시범나비 날개를 편다
범부채 벌개미취 노루오줌 광대수염
가슴에 이름표 단 유치원생들처럼
앙증맞은 꽃들이 줄지어 얼굴 내밀고
산등성이 구름 몰려가듯

계절이 성큼 건너간다
상수리나무 타고 내려온 다람쥐가
총총걸음으로 책장을 질러간다
식물도감 마지막 쪽
제철 만난 수목원 귀퉁이엔
수줍은 뱀딸기처럼 어느 틈에
꿈꾸듯 나도 기대앉아 있다

시간의 잔등

내 마음 가장자리엔
하늘이 낮게 드리워져 있습니다
하루하루 땀내 얼룩진
대낮에는 구름 쉬다 가고
어느 틈에 뛰쳐나온 별과 달
해 지면 도르르 구르고
노을 붉은 막 내릴 때마다
무대 출연진 바뀌는 곳

내 마음 귀퉁이엔
해변이 맞닿아 있습니다
갯벌 머드팩 즐기는 게와 햇살
밀려오는 모래 거품이

시간의 잔등 긁어주는 곳
어질어질한 마음속 한복판보다
산들바람 빈둥대는 하루의 뒤꼍에
내 눈길 내내 기웃거립니다

오래된 의자 外 2편

신 미 균

오래된 의자

생각이 삐그덕 움직이자
쇠못 하나가 겨드랑이에서
쑥 빠져나옵니다
망치로
빠져나온 쇠못을 박아 넣자
등받이가 왼쪽으로
기울어 버립니다

어렸을 때 동생과 그 위에서
마구 뛰고 싸우고 던지고

※ 1996년 월간 ≪현대시≫로 등단

온갖 까탈을 부려도
묵묵히 다 받아준 의자
언제고 필요하면
아무 생각 없이 털썩 앉곤 했는데

기울어진 의자를 바라보니
어깨가 시큰거리며
풍 맞아 기우뚱해진
아버지가 생각납니다

오래 됐다고
망치로 이리저리 내리치다
안 되면 버리려고 하다니

이번엔 아무리 돈이 들어도
의자를 제대로
고쳐야겠습니다

마네킹

그래, 나는 간도 쓸개도 없다

네 마음에 들게 네 맘대로

팔 비틀어 뽑고
다리 꺾어도
끽, 소리도 내지 못한다

느닷없이 목 잘라
얼굴이 없어져도
상체와 하체를 서로 다른 방향으로 돌려
떼어낸 다음
따로따로 들고 다녀도
눈도 깜짝하지 못한다

간도 쓸개도 없으니

그래, 속 썩을 일 없어
좋다

화살표

지하철 신도림역에 내리면
화살들이 정신 없이 쏟아진다

계단을 올라가라
옆으로 돌아가라

앞으로 가라
밑으로 내려가라
건너가라
곧장 가라
그 쪽으로 가지 마라
백화점은 여기다
돌지 마라
양말은 이게 좋다
치약은 저것이다
여기가 최고다
발밑을 조심해라

화살을 잔뜩 맞고도
그 많은 사람들이
피 한 방울 흘리지 않은 채
잘 살아 가고 있다

인사동 화가 外 2편

양 순 복

인사동 화가

여름 한낮
땡볕에 그을린
화가는 영혼을 탐구해
하얗게 그려 넣는다

그 누구도 대신 가 줄 수 없는 길
혼자 가야 할 길임을 알고
하얀 세상에 긴 여정을 담는다

외로움을

※ 2005년 ≪문학저널≫로 등단

묵묵히 관조하면서
사람들의 시선을 여백에 채우며
자신의 처지를 위로 받는다

흩어진 구름을 안고
발걸음 소리에 귀 기울이며

손바닥이 닿도록
삶의 영혼을 깨운다

B형 도시

사람들은 누구나 각자의 섬을 갖고 산다
그 섬에서 발신인 없는 편지를 읽는다

전동차 문이 열리고
우르르 안으로 뛰어드는 성미 급한 사람들,
자리에 앉거나 서거나
각자의 섬에 불 밝혀 놓고
혼자서 웃고 울고 너스레를 떤다

"이 섬에서 저 섬을 잇기 위해서는
반드시 배터리 충전을 잊지 말아야 합니다"

〉
수많은 섬을 부려놓고 다시 싣는 전동차는
습관처럼 낯익은 멘트를 흘러보내고
타인의 우체통에 담긴 발신인 없는 편지를
이 섬, 저 섬에다 수없이 부려놓는다

도시의 바다는
발신인 없는 편지를 실어 나르며
언제나 소란스럽고 분주하지만
나는 그 섬을 떠나지 못한다

무시래기 꿈

젊은 날 나의 오기도 한때는
저리도 서슬 퍼런 날 많았으리
오직 뿌리만을 살찌워야 한다고
그것만이 젊은 날 이룰 수 있는 꿈이라고
천둥과 먹구름에도 끄덕 않고
푸른 줄기 살랑살랑 흔들어
비와 바람에 맞장구치면서
단칼에 목 잘려 나가야 한다는 사실을
어찌 알았겠노
푸른 눈물 흘리며 저항 한 번 못하고

제 살 꿰매면서
오로지 좋은 시래기가 되기 위해서는
이 앙다물고 참아야 한다고
목줄기와 목줄기 줄에 엮인 채
설한풍雪寒風 기나긴 밤 서로 토닥여가며
가려운 줄기 벽에다 비비고 문지를 때
바스락바스락, 버럭버럭, 소리쳐 봐도
누렇게 야위어만 가던 빛
삭풍에 얼었다 녹았다
그 누구 따스한 눈길 한번 주지 않아도
수십 번 비우고 또 비우고 나서야
또 하나의 꿈을 이루었나니
그 이름,
조선의 무시래기

시월에 外 2편

오 점 록

시월에

풀,
풀 망태기 넘실대니
황소는
시월이 한가롭고
너울너울
긴 산그림자에
솔향기
묻어나는 내 고향

해 지는 줄 모르는

※ 월간 ≪문학세계≫와 월간 ≪문예사조≫로 등단

허수아비
큰 눈망울로
고향을 지키는데
참새들은
떼를 지어 수군대며
조롱하듯
낙엽처럼 뒹군다

해변의 밤바다

강렬하게 내리쬐던 태양은
한껏
해변을 달구더니
내일을 약속하며
바닷속으로 쉬러 갔다

짙어지는 어스름
가로등은 해변을 물들이고
파도 소리에 맞추어
발끝에 밀려왔다 밀려가는
초여름 밤바다

밀려오는 파도에
간지러워지는 발끝

친구를 껴안고 부르는 호들갑이라니,
방정치 못한 내가
부르고 싶은 이름인지도 몰라

산나물

깊은 산중에 머무는
산나물은
속세를 부려놓고
바람과 비와 달을 벗 삼아
명주실 햇살을 받으며 자란다

사람에 오염되지 않은 곳
햇볕도 바람과 비
오욕칠정이란
흔적 없이 맑게 살아온
담백한 산나물

티 없는 자연이 살쪄워
헹구지 않아도 먹음직하여 좋은
진한 향에 깊은 맛
잘 여물은 약초 같은
그런 시 한 편 키우고 싶다

살구나무 1 外 2편

유 동 애

살구나무 1

오래된 살구나무 두 그루가 텃밭 언저리에 나란히 서 있었습니다 어느 핸가 매우 강한 태풍이 불자 누군가는 바람막이를 해야 했습니다 키가 좀 더 큰 살구나무가 말했습니다 난 이제 내가 해야 할 일을 다 했어 난 내가 해야 할 일을 다 하지 못할가 봐 늘 마음 졸이며 살았어 이제 아주 편하게 가야겠어 아주 편하게 그러곤 쓰러졌습니다 덕분에 다른 살구나무는 그 자리에 오래오래 서 있을 수 있었습니다

※ 1992년 ≪문예사조≫ 시부문 신인상 등단

살구나무 2

다른 살구나무는 쓰러진 살구나무를 짐짓 무심하게 쳐다
보고 있었습니다 말없이 깊은 생각에 빠져있다가 달포가
지나서야 다른 살구나무는 말했습니다 무엇도 탓하지 않고
살아가겠습니다 아주 천천히 살아가겠습니다 듬성듬성 땅
에 버티고 서 있는 돌들이 마치 장성한 자식들이라도 되는
양 돌들에게 눈맞추며 그렇게 말하고 있었습니다

내 안의 그대는

마치 어제인 듯했다가

예감인 듯했다가

아주 밝은 보름달 밤

저어 먼 흰 눈 덮인 산

타나토노트 外 2편

이 경 주

타나토노트

다음 생애는 어디로 갈까
'티나토노트*'처럼 궁수자리 지나
우리 은하의 중심부로 갈까
아니다. 그 정도는 너무 가깝다
더 멀리 블랙홀을 비껴
국부은하군도 지나고
처녀자리 은하단을 지나
'테라 인코그니타*'까지

과연, 피안의 세계 어디에

※ 1994년 ≪경향신문≫ 시 발표, 작품활동 시작

지구만큼 아름다운 세상이 또 있을까
오늘도 나는
타나토노트를 꿈꾼다
또 다른 '엑소플래닛*'을 위하여…

*타나토노트thanatonaute: 베르나르 베르베르의 장편소설 제목으로 그리스어 타나토스[죽
음]와 나우테스[항해자]의 합성어로 '저승을 항행하는 자' 또는 '영계靈界 탐사자'를 뜻함

*테라 인코그니타Terra Incognita: '알려지지 않은 땅'이라는 뜻의 라틴어

*엑소플래닛: 태양계 밖의 행성

독도

그 섬에서 무엇을 더 바라랴
외롭기야 티베트고원의 눈표범만 할까만
하루도 잔잔할 날이 없는 동해에서
참선하기를 460여 만 년

별이 되려다 바다에 추락한 채
한반도 붙박이 섬으로 태어나
밤이면 달빛만 덮고
은하수의 젖을 빨고 있다
뜬눈으로 밤을 새운 별들이
사랑을 위한 기도 올릴 때

〉
독도는
사랑도 사치스러운 것이라며
떠오르는 태양 앞에서
신음을 감춘 채
잠을 청한다
별처럼

뫼비우스의 띠

바다를 잡으러 간 사내는
오늘도 빈손으로 돌아왔다
섬에 가면 누구나
바다를 잡으리라 생각하지만
바다는 아무에게나 잡히지 않는다

등 푸른 바람이
바다 위에서 춤을 추고 있다
파도의 곡선과 하나가 되고 있다
섬에 피는 꽃들도
얼굴을 바다로 향한 채
바람의 몸짓과 하나가 되고 있다
〉

억겁을 간직한 빛깔
바다 내음
그리고 파도 소리
바다를 떠나지 못하는 섬처럼
누구나 버리지 못하는
오래된 꿈이 있다

날마다 죽는 남자 外 1편

이 신 강

날마다 죽는 남자

그는 신장 투석을 하는데
오고 가고 여섯 시간 걸린다
제2급 장애인으로
의료보험 90% 지원받는
우리나라 좋은 나라

인큐베이터의 아기처럼
간호사의 말을 잘 듣고
"조금 더 올라가세요.
우측으로 조금 더"

※ 1985년 ≪시문학≫으로 등단

〉
오늘도 무사히

4시간을 죽어야 사는 남자
침대에 오를 때는 시든 파 같더니
투석이 끝나면 물 먹은 부추처럼
생기가 도는
월 수 금은 침대에
화 목 토는 맛난 것 먹기
거실에서 깊어가는
일자산의 가을을 음미하며

날마다 죽고
날마다 사는
금빛 같은 삶을
새기는 남자

지뢰 병兵

손자가 군인을 갔는데
딸 내외가 걱정을 한다
"얘.
걱정하지도 마라

요새 군인이 군인이냐
밥 잘 나오지
훈련도 없지
나는 고생을 모르는 애들이 속에 안 찬다
군인이라도 가서 고생깨나 해봤으면 한다."

"엄마.
그런 말 하지도 말아
세종이가 강원도 전방에
지뢰를 수색하는 지뢰 병이래."

…

"한 달이나 두 달에 한번 교대로 파견되고,
훈련을 해병과 함께 한대."

"어디 나라가 거저 지켜지겠냐."

첫 휴가를 나온 손자를 힘껏 끌어안았다

안개꽃 外 2편

이 춘 희

안개꽃

하얀 별을 닮은
순결한 한 떨기 꽃
만지면 깨질까 애잔한 꽃

안타까움에 다가선
눈물 감춘 그리운 날엔
안개꽃 한 아름 안았지

생각은 촛농처럼
떨어져 흘러내리고

※ 2007년 ≪좋은문학≫으로 등단

마음 문 열어 놓고

기쁨의 순간 그대로
아름다운 꽃송이 되어
차오르는 아침

그리움

서쪽에서 동녘을 바라보는
작은 새의 눈빛
나뭇가지 연둣빛 피어나는 봄
밤새 촛불 한 자루
속 뜨거운 강물 흐르게 한다

그리움 황혼 끝에 다다른 인연
꽃 질 때마다 머무른 바위의 어깨
마음과 마음 멀기만 한 눈물꽃
돌고 돌아 동그라미만 그린다

고향 친구

웃음소리 가득했던 맑은 공간

저마다 가슴 뛰던 청운의 꿈
맑은 시냇물 조약돌 구르는 소리

반세기 지나 검은 머리
백합꽃으로 피어나네
눈보라 스쳐도 야무지게
십 리 길 오르내리던 친구

아카시아 향기 아련한 시절
하얀 그리움 수많은 날의 정다움
노을빛 붉게 춤추는 서쪽 하늘
옛 모습 파노라마 되어 흐르네

흘린 술이 반이다 外 2편

이 혜 선

흘린 술이 반이다

그 인사동 포장마차 술자리의 화두는
'흘린 술이 반이다'

연속극 보며 훌쩍이는 내 눈, 턱 밑에 와서
"우리 애기 또 우네" 일삼아 놀리던 그이
요즘 들어 누가 슬픈 얘기만 해도 눈물 그렁그렁
오늘도 퇴근길에 라디오 들으며 한참 울다가 서둘러 왔다
는 그이

새끼제비 다 날아간 빈 집 추녀 아래

※ 1981년 ≪시문학≫ 2회 추천

저녁상에 마주 앉은 희끗한 머리칼
둘이 서로 측은히 건네다 본다

흘린 술이 반이기 때문일까
함께 마셔야 할 술이 아직은
반쯤 남았다고 믿고 싶은 눈짓일까
속을 알 수 없는 생명의 술병 속에,

코이법칙

코이라는 비단잉어는

어항에서 키우면 8센티미터밖에 안 자란다

냇물에 풀어놓으면

무한정 커진다 너의 꿈나무처럼,

불이不二, 서로 기대어

고속도로 달리다가
나무에 기대고 있는 산을 보았다

허공에 기대고 있는 나무를 보았다

배를 타고
청산도 가는 길에
물방울에 기대는 물을 보았다
갈매기 날개에 기대는 하늘을 보았다

흙은 씨앗에 기대어 피어나고
엄마 젖가슴은
아기에 기대어 자라난다

하루해가 기우는 시간
들녘 끝 잡초들이 서로 어깨 기대는 것을 보았다
그 어깨 위에 하루살이들 내려앉아
깊은 잠 들고 있었다

이별 外 2편

임 광 숙

이별

밤새 목울음 소리
마주 보니 눈물이
뚝뚝 발등에 떨어지고
가슴은 퍼렇게 멍들어있다

가는 사람 하얀 얼굴이
갓 태어난 아가 같아라
작은 손을 허공에 들고서
무엇을 찾으러 왔는지
〉

※ 2017년 ≪순수문학≫ 등단

모진 세월 작은 몸
온갖 풍화 그려지고
마지막 품었던 자식 위한
애정 하나 허락하지 않는 길
두 손 들었다

그의 날 중 가장 환한 미소가
날개가 되어 비로소
하늘로 돌아간다
그를 사랑하던 이들
위로 소리 없이 지나간다

활짝 피었다 떠나는
민들레 씨알처럼 봄의 끝자락
바람이 잘 부는 장미꽃 밑에서
화살 되어 하늘로 올라간다
햇살이 눈부시어 눈물로
창이 닫힌다

그날

네가 오던 날
더위가 떠나려던 날

〉
먼동이 어둠 쓸며 내려오던 날
무엇을 잡으려 작은 손 허공에
내밀었던가 빛을 잡으려
새벽하늘 뛰었을까

달은 기울어 희미한데
한날의 길이가 자로 잰 듯
너에게로 물방울처럼
내려앉았다

하늘에는 별들이 꽃이 되고
바다에는 모래알이 꽃이 되었어
가을이 누렇게 익어갈 즈음
잘 익은 감처럼 두 볼이 익었구나

인생길 돌아보니
먼 산에 저녁노을
그대로 있고 잊었던
너에게 고향의 냄새
함께했던 친구는 하늘로 가고
바라보는 마음은 사다리 타고
올라간다. 그날

만남

정월달에
하눌님께 소원 빌어

겨울이 오기 전에
너를 안았지

아들이 귀한 집
고추 달린 녀석

광주리에 담아
시렁 위에 올려도

울지 않고 웃던 날
삼대의 웃음꽃이
눈물 쏟던 날

하회탈 닮은
아부지 덩실덩실
춤이 나오고
박씨 모친 박꽃처럼
세상이 하얗다

그랭이질 外 2편

정 성 재

그랭이질

주춧돌 그랭이질하여
기둥 세우고
벽 만들어

내 몸 받침
기둥 받침
책받침
생채기를 담금질하며
부둥켜안고 보듬는다
비우고 채우기 돌아간다

※ 2002년 ≪창작수필≫ 등단

〉
며칠 밤을 설치며
돌아누운 몸
끝과 맞물린
나는 나의 주춧돌
받침이 모였다

소금 항아리

뒤란에 항아리 속
깔깔하고 뾰족해진 묵은 소금
뽀실한 알갱이
비싸진 몸값에 보석인 양 반짝인다

하루를 절이고 담금질한다
맛깔스러운 뭇국에
삼삼하게 간을 맞추니
가슴 속 푸른 바다를 품은 너
생명의 근원을 안았다
슬며시 푼다

애기똥풀

돌담 밑 제비꽃
겨울잠 밀어내고
빗장 열고 뛰어나와
봄빛을 안는다

가로등 밑 잠 설친 애기똥풀
잎사귀만 무성하듯
잠이 보약이다

긴 밤 동면冬眠으로
뒤처진 몸 곧추세우고
보듬은 마음 이지다

시래기 外 2편

조 정 숙

시래기

서슬이 퍼렇다
내세울 건 없으면서
자존심만 세더라는
소문이 맞는 듯

가을 끝자락 된서리에도
기세가 등등하고
처마 밑에 매달려
비바람에 시달려도
질긴 근성 버리지 못하더니

※ 2006년 ≪서울문학≫으로 등단

〉
어쩌다
욕심도 내려놓고
겸손해졌는지

조금만 삶아도
말캉말캉해진다

길

누가 만들어 놓았을까

새는
보이지 않아도
열을 지어 날아가고

배도
물길을 찾아
흘러 흘러가는데

당신 찾아가는 길은
이정표도 없으니
어디로 가면

만날 수 있을까

이별가를 부르다
그 어디쯤

숨어 있을지도 모를
길을 찾아 두리번거린다

이모티콘

프로필 사진을 찍다가
사진사가 툭, 던지는
웃으라는 말에 당황했다

활짝 웃어본 지가 언제인지
입꼬리를 살짝 올려보다가
목젖이 보이는 이모티콘을
얼른 떼어
내 얼굴에 붙이고 싶었다

2년째
마스크로 얼굴을 가리고 살다 보니
시원하게 웃어본 기억도 가물가물

거울에 비친
웃음기 사라진
내 표정이 낯설다

아이들은
우산 이모티콘을 좋아하는데
나는
한쪽 눈 찡긋하고
윙크하는 이모티콘이 좋다
어색한 말보다
정겹게 표현하기 좋고
따라 하면 기분도 최고다

네가 보낸 뿔난 이모티콘
무엇 때문에 화가 났는지 몰라

한쪽 눈 살짝 감은
이모티콘을 보낸다

너도
한번 웃어보라고

회상回想 外 2편

포 공 영

회상回想

지나온 길 돌아보는 것은
군살 같은 삶의 흔적을 지우고
새살 돋아나게 함이다
사람은 누구나 그렇듯
갓 태어날 땐 둥글고 원만한 달이었다

어머니 품에 안기어 젖을 빨며
세상과 부딪히며 살아온 여정

온누리 환히 밝히는 보름달처럼 살아왔는지

※ 시집 ≪아름다운 욕심≫을 출간하면서 문학 활동 시작

댓돌만 겨우 밝히는 초승달처럼 살아왔는지
한 뼘 세상도 밝히지 못하는 그믐달로 살아왔는지
그리고 살아가고 있는지
내가 저에게 물어본다

서산에 걸린 한 뼘 해가
서해로 언제 잠자리 들지
이렇다 저렇다 말할 수 없다 하네

하늘에 길을 묻는다

하늘이여
행복이 사는 마을은 어디로 가면 됩니까
하늘에 길을 묻는다

눈앞에 펼쳐지는 길 따라 곧장 가라
큰 산은 돌아서 가고
가시덤불 길은 걷어내며 가고
자갈밭에 발 부르터도 걸어가라 하네

넘어지고 깨지며
부딪히고 할퀴고 뜯기어도
앞만 보고 가라 꿋꿋이 가라 하네
〉

주저앉고 싶을 때쯤
한 발짝만 더 가서
가진 것 모두 비우고 버리면
그대가 찾는 행복이 사는 마을 있다 하네

빨간 거짓말

갈바람에 뚝뚝 떨어지는
낙엽
빨간 단풍잎
잎
잎
잎
빨간 입술
입
입
입
입술로 배우는 말
말
말
듣기도 좋은 빨간 거짓말
'사랑합니다'
'존경합니다'

스며드는 저녁 外 2편

한 상 림

스며드는 저녁

아침 햇살은 저녁이면 어디론가 하나둘씩 스며든다
돌아오지 않는 가족을 기다리는
여든셋 여인의 불거진 열 손가락 옹이
굽은 등 ㄱ자 허리 세워보려고 억지 부려도
바닥으로 기울어 가는 생
돌아올 리 없는 그림자를 멍하니 바라본다
오십 넘도록 결혼을 거부하면서
노부모 모시던 막내딸은
출근길 계단에서 굴러 의식이 떨어져 나가고
육십여 년 함께 살아온 남편은

※ 한국예총 월간 ≪예술세계≫ 시 등단

말기 암 수술 후 기억이 오락가락
이따금 죽은 형을 찾아
삼십 년 전 어머니 장례식 치르러 가겠다니,
불행은 꼬리를 물고 따라다닌다
원수 같은 놈,
다시는 찾지 않겠다던 아들놈이 눈앞에 아른거려
생전 뱉어보지 않은 욕을 던져놓고 눈시울 적신다
잘라내고 싶어도 자를 수 없는 천륜과
다시 잇고 싶어도 쉽게 이어지지 않는 천륜 사이
괴질로 단절된 세상은 서로를 잇지 못하고,
소리소문없이 스며드는
행과 불행 사이에서 잠시 머뭇거림뿐
그녀는 오늘도 밥상을 물리고 누군가를 기다린다
아직 그림자가 씩씩하다

바람 난 봄

바람난 꽃들이 사방으로 흩어지던 오후
붉은 꽃잎 몇 장 찍어 감추고 시침 뚝 떼었지요
날아든 꽃잎 꿀꺽 삼키면 죄명이 뭘까요
아름다운 과거를 간직하고 싶은 열망 하나뿐인데,
온종일 진실을 캐달라 시비 거네요
찍힌 것들은 원래 왈가왈부 시끄럽잖아요

허공에 매달린 채 땅바닥만 바라보았는데
지난밤 달빛이며 별자리까지
송두리째 도둑맞았다며
성난 하늘까지 우르릉 쾅, 으름장예요
요염한 눈빛으로 날아든 도화의 눈빛
온몸으로 뿌리쳐 밀어내지 못하고
가슴 깊이 숨겨둔 죄 밖에 없다고요
찍고 찍히는 일이 어디 시시티브이뿐이던가요
남의 심장에 비수 꽂아놓고
변명 늘어놓으며
자기 잘난 맛에 사는 사람들이 많은 세상입니다
감추고 싶은 과거는 상처가 많지요
상처를 감추려고 덧칠이야 하겠지만 흠집은 지워지지 않
아요
새살 돋는 미래를 담을 수 없다는 건
더 슬픈 일이지요
당신이 원하는 과거는 언제든 되돌려 감아서
현재로 돌려 보여줄 수 있겠지만
잘못된 과거를 되감을 순 없어요
봄을 앓은 사람들이 마스크를 쓰고
여름을 봄이라고 자꾸만 우겨대요
내장 깊숙이 박혀 있는 메모리칩을 꺼내어
다시 봄을 돌려주고야 싶지만
화살처럼 달아난 봄은

다시 돌아오지 않아요

가을 소나기

막바지 여름이 쫓겨가는 구월이다

쨍한 한낮 하늘에 먹구름 커튼이 드리워지고
하늘에서 굵은 빗방울이 뚝뚝 떨어진다
그 빗소리 음산하다

구름이 왈칵 쏟아낸 빗방울에
지상의 모든 것들이 긴장한다

12초 후, 먹구름 걷히고 난 자리
햇살이 다시 따갑다
〉
하늘도 먹구름 만나면 오르가슴을 느끼다니,
느끼한 가을이다

홍매 外 2편

김 영 석

홍매

조급한 서릿바람
급하게 물 얼리고

한강은 밤이 깊어
철새들 제울 적에

홍매는 가슴을 헤쳐
영혼까지 날린다

※ 2017년 ≪세종문학≫으로 등단

망향

살아는 계시겠죠
변함은 없을 거야

차라리 나는 새가
오히려 부러워서

오늘도 고향 그리며
소주잔을 비운다

길

속세란 그물 속에
떨어진 나그네여

풍진 속 세상 길이
어찌나 험하던가

나 언제 훨 날아가는
갈매기의 짝 될까

동구릉의 봄 外 2편

김 창 운

동구릉의 봄

찬란한 아침햇살
잔디에 내려앉고
권력의 위엄 호령
되살아 푸르구나
잠을 깬 청사의 영욕 세천 잔성 애달프다

고향 겨울

찬 공기 내려앉은 겨울밤 초고향 노래

※ 2006년 《한국작가》로 등단

잊혀진 따사로운 아랫목 정겨움이
화롯불 잿빛 불씨에 타오르는 그리움

새싹

찬바람 머물다 간 울타리 꽃망울에
따사한 사랑 멍울 풋풋하게 솟구치고
누구라 풋풋한 망울 연약하다고 말하리

시조

텃밭이야기 外 2편

유 귀 덕

텃밭이야기

옥상 한쪽 나의 뜨락
어느새 초록 잔치

펼쳐 논 봄의 훈장
여봐란 듯이 선보이네

젤 먼저 상추가 웃는다
살결도 보드랍게

겨우내 흙덩이는

※ 2021년 《문학수필》로 등단

뿌리를 움켜쥐고

어르고 달래느라
얼마나 씨름했을까

근력도 넘칠 만큼 넘쳐 하루가 기운차다

몽돌

수억 년 세월 동안
풍화하며 살아왔다

지금도 철썩철썩
파도는 내 수행터

씻기고 아픔 패여도 인내하며 동글다

막 퍼주는 집

총각네 야채가게
장단 맞춘 손뼉 소리
〉

지나던 손님들의
눈길을 불러 잡네
수북이 쌓인 봄나물 덩달아 나풀거림

고물가 시대인데
오천 원에 세 소쿠리

그 소리 솔깃하여
꼬리 이어 줄을 섰다
신바람 주고받으니 인정꽃 활짝 핀다

시조

당신과 수면등 外 2편

이 연 정

당신과 수면등

눈뜨면 태양처럼
뜨건 사랑 가슴에 품고

오늘도 가족 위해
쉬지 않고 일한 당신

달과 별 편히 쉬라고
수면등을 켜 놓았네

※ 2023년 《국보문학》 수필 등단

대나무

봄날이 화려한들
화향 천리 한때이고

신록이 짙푸르러도
추풍 앞에 쓸쓸한데

상록수 늘 푸르른 지조
마디마디 새겼다

폭풍우 흔들어도
비움의 철학 일깨우고

꼿꼿하나 휠 줄 아는
겸손함도 최고이니

사군자 선비상 중에
지조 불변 으뜸이네

소방관 남편

내 마음 이리 가라

일러주면 저리 가고

임 마음 저리 가라
받아치면 이리 가고

엇박자 서툰 동행길
부딪치면 불났다

강 건너 불 잘 끄고
내 가슴엔 불 지르고

언제나 갈증 난 정
타버리던 그 불길 속

은퇴 후 태평가 사랑
큰불 잔불 다 잘 끈다

가을이 데이었다 外 2편

조 영 희

가을이 데이었다

햇볕이 기다랗게
가을을 늘리었다

늘어난 가을볕에
단풍잎이 데이었다

멀쩡히
지나던 바람
그림자도 벌겋다

※ 2001년 ≪산사의 초여름≫으로 작품 활동 시작

또, 포갠 하루

오늘 또 포갠 길을
등으로 밀어보며

하루해 삶다 눌린
검붉은 노을빛은

허공 속
바람에 쓸려
긴 허리가 굽었다

산수유

입 막고 웃으려다 터져버린 웃음소리
세상 속 뭘 봤기에 얼굴빛이 노래져서
저리도
자지러지며
휘청대는 저 꼴 좀 봐

살갗에 찰싹 붙어 꽃샘바람 찌르는데
옷 입을 정황 없이 맨몸으로 박장대소
깔깔깔

덩달아 웃다
몸겨누운 저 봄빛

눈꽃 外 2편

이 경 애

눈꽃

소나무에 피어도
눈꽃

싸리 가지에 피어도
눈꽃

억새 줄기에 피어도
눈꽃

색깔도 하나

※ 1996년 ≪아동문예≫로 등단

이름도 하나

백두산에도
한라산에도
똑같이 피는 겨울 꽃

눈꽃

지구본 때문에

－1년만 일하고 올게요.

아들네가 떠난 뒤
하루에도 몇 번씩
지구본을 돌리는 할머니

1년 내내 덥다는 나라
돋보기를 쓰고도
찾기 힘든 나라

－이놈은 왜 이리 삐딱하게 생겼누?

지구본 따라

점점
한쪽으로 기울어지는 할머니

아빠 손

안개 낀 아침
괭이 멘 아빠 따라
들길을 간다

젖은 풀잎
돌멩이
발끝에 걸리는데

아빠는
큰 걸음으로
잘도 가신다

좁은 논길에서
손 내미시는
아빠

아빠 손을 잡으니
눈 감고도 걷겠다

달맞이꽃 外 2편

정 영 기

달맞이꽃

일선에도 달맞이꽃이 피었다
이름 없는 아저씨 무덤 위에도 피었다
어둠이 살금살금 기어드는 저녁이 오면
노란 입술을 살며시살며시 벌린다

여름밤 꿈과 함께 노래 부른다
참바람 금바람 함께 춤을 춘다
기다리고 그립던 달님 생각에
마음껏 가슴 벌려 곱게곱게 몸단장한다

※ 한국문인협회 강동지부 초대 회장 역임

쑥부쟁이 임은향

금강산 깊은 골에 쑥부쟁이 있지요
잘 생긴 나무꾼과 고운 사랑 하지요
통일을 염원하면서 9월 9일에 피지요

겨울 바다

아늑한 해변
바다와 호수를 갈라놓은
방조제 위를 걷는다

바다에 떠 있는 백사장
그 위의 소나무가 더더욱 푸르르고
갈대밭 너머엔 철새들이
겨울나러 와서 짝을 짓는다

언제나 시간이 모자란 사랑
눈으로 입술로
바다의 사랑은
바위에 부딪혀 소리를 지른다

사랑은 주는 쪽이 더 행복하다

흰 거품 일으키는 파도가
힘차게 밀려와서
수많은 진주를 다져놓고
눈 덮인 산 위를 날아서
가고파 하는 희원希願은
가슴이 후련하다

흙 外 2편

정 현 정

흙

풀씨 들어와 앉으면
풀씨네 집이 되고

고욤나무 뿌리 내리면
고욤나무네 집이 되고

땅강아지 들어가 살면
땅강아지네 집이 되고

두더지 파고 들어가면

※ 2000년 7월 ≪아동문예≫로 등단

두더지네 땅굴이 된다

바늘꽂이

바늘이
바늘꽂이를 파고든다
이를 악물며 참는
바늘꽂이

우리도 그래
뾰족한 말이 가슴에 꽂힐 때
이를 앙다물고 참아야 해
쏟아놓으면 누군가의
마음에 꽂힐 거잖아

고려의 타임캡슐

청자는
도공이 보낸
고려의 타임캡슐이다

청자 속에는

출렁이는 고려의 달빛
달빛 아래 고요히 잠든 초가

청자 속에는
이글거리는 고려의 장작불
장작불 속에 익는 달항아리

청자 속에는
시원한 바람
바람 속으로 날아오르는 학의 무리들

청자 속으로 걸어 들어가
고려인의 숨을 들이마시고
고려인의 생각도 들어보고 싶다

제2부 수필

봄을 부른 고추장찌개

강 라 헬

하고 싶은 게 많아 탈이다. 하고 싶은 것을 다 하지 못해서 내 가슴 저 밑바닥에 깔린 소리 없는 아우성이 들리는 듯하다. 그중에 가장 하고 싶었던 것은 사랑이었다. 사랑은 주고받아야 제맛이 날 터인데 내 팔자엔 주는 사랑만 있을 뿐 받는 사랑은 없나보다.

맛 하면 대부분의 사람은 음식을 떠올린다. 혹은 문학과 예술, 또는 여행의 맛을 떠올리는 사람들도 있긴 하지만, 그래도 맛 하면 음식이 아니겠는가. 남들은 나를 보고 타고난 손맛을 지녔다고 추켜세우기도 한다. 행복한 추켜세움이다. 나 하나로 인해 주위의 사람들이 음식으로 인한 행복감을 느끼니 얼마나 복이 많은 사람인가. 그런데 나이가 들어서인지 요즘 내가 만든 음식의 맛이 예전 같지 않다. 이곳저

※ 2021년 종합문예지 ≪문학 수≫ 수필 등단

곳 음식 나들이도 해보며 먹어보고 만들어 봐야 할 텐데 요즈음은 요리할 기회도 드물어 외식이라고 해봐야 삼겹살이나 감자탕 정도의 수준이다.

누군가를 위한 음식을 해본 지 무척 오래된 듯하다. 더구나 요즈음엔 누군가를 위한 행복하고 아름다운 음식을 만들 기회조차 없다. 어떤 음식이든 계속 만들어봐야 하는데 손맛 좋다는 내 손이 감을 잃어버린 듯, 제일 큰 변화는 음식의 맛이 짜졌다는 것이다. 지난 설날, 나를 위한 멸치육수 떡국을 끓였다. 그런데 짰다. 물을 더 부어서 간을 다시 맞추었는데도 맛이 없었다. 결국 떡국을 노란 비닐봉투에 쏟아 버렸다. 머리 꼭대기까지 난 부화를 다독였다. 그 부화는 못 먹어서일까, 변한 손맛 때문인지 알 수 없는 의문이었다.

그렇게 해서라도 많은 음식을 만나고 싶었기에 정식으로 음식을 배우고 싶은 생각이 들었다. 이제껏 감으로만 해왔던 음식이 아니었던가. 늦었지만, 모국에 온 이유 중 하나인 조리사 자격증을 취득하기로 했다. 정부가 무상으로 교육하는 곳에 원서를 제출하고 면접을 봤다. 이 년 전 불합격했던 경험이 있었기에 발표까지의 일주일은 긴장의 시간이었다. 또한 합격을 한다 해도 고장 난 내 무릎이 버텨줄까 하는 걱정도 앞섰다. 그러지 않아도 병원에서는 하루라도 빨리 수술을 하자고 성화였다.

읽고 쓰기에도 빠듯한 시간에 웬 욕심이 이리 많은지 요리 외에도 배우고 싶은 것투성이다. 영어, 그림, 하모니카 등도 배우고 싶고, 하고 싶은 것들은 이루 말할 수 없이 많다.

그중에 요리를 택한 것은 여러 음식과 만나고 싶어서다. 그냥 요리를 잘하는 것보다는 늦었지만 그래도 '자격증을 땄다'라는, 좀 더 있어 보이고 싶은 까닭일 수도 있다. 아니다, 모국에서의 시간을 헛되이 보내지 않았다는 것을 아들들과 자신에게 보이고 싶어서일 테다. 나에게 글쓰기와 조리사 자격증 취득은 두 개의 태산이라는 생각이 드는 요즘이다. 때문인지 잊고 있었던 이 시조를 가끔 읊조린다. 그러면 기운이 난다.

태산이 높다하되 하늘아래 뫼이로다.
오르고 또 오르면 못 오를리 없건마는
사람이 제 아니 오르고 뫼만 높다 하더라

문자가 왔다. "합격을 축하합니다. 등록하시고 2일부터 수업 시작입니다. 변동 시 연락 바랍니다." 무릎에 두 손을 얹고 토닥토닥 두드리며 내 마음을 전한다. '너를 믿고 사랑해, 부탁 좀 하자'라며 무릎에 어설픈 애교를 떤다. 하루를 고민한 후 눈 딱 감고 씩씩하게 등록을 했다.

첫 등굣날, 야간 반이라 오후 6시까지 기술원에 도착하기 위해 명일동 삼익아파트 앞길을 걷는다. 문득 내가 태어나기 전부터 친정집의 논과 밭이었던 그 일대가 영화의 한 장면처럼 펼쳐진다. 지평선 끝까지 펼쳐진 광활한 초록빛 들판의 떠오르는 모습은 추억을 소환하게 한다. 아직 찬 서리도 가끔 보이는 초봄인데, 무엇이, 왜 그곳에서 모내기하는 풍경이 보일까? 더하여 돼지고기 고추장찌개까지.

초록이 한창인 논에는 서른 명 남짓한 사람들이 모내기를 하고 있다. 소달구지 위에 앉아있는 작은 계집아이, 수북한 먹거리와 막걸리 통이 보인다. 그리고 여러 개의 오지항아리에 담은 고추장찌개가 눈앞에 아지랑이처럼 피는 것은 그리움이리라. 아파트 숲을 보면서 처음 그려진 장면은 모내기였고 오지항아리에 담긴 고추장찌개가 크게 크로즈업 되어 그려졌다.

언제부턴가 초봄의 매서운 칼바람이 가슴을 헤집으면 뭉근하게 끓여진 새빨간 고추장찌개가 그리워진다. 어떤 요리든 마찬가지겠지만, 유독 고추장찌개는 인생과 꼭 닮은 느낌이다. 그리고 그것은 향수를 불러오는 음식이기도 해서 더 그리움일지도. 고추장과 고춧가루로 양념을 한 쌀뜨물에 큼직큼직하게 썬 돼지고기와 감자가 뭉근하게 익을 때쯤, 애호박 양파 콩나물과 두부를 넣어 한참 끓인다. 모든 재료가 어울려 걸쭉해질 즈음 풋고추와 파를 넣어 한소끔 더 끓이면 찌개는 언제나 맛나다.

세상이라는 육수에 큼직하게 썬 돼지고기와 감자가 뭉근하게 익을 즈음 다른 재료들은 앞다투어 육수에 빠져들어가서 허우적거린다. 어느새 서로 융화되고 길들어서 각각 다른 맛을 내던 그들이, 고추장찌개의 그 알싸하고 매콤달콤한 맛을 낸다. 새우젓국으로 마무리를 하는데 그것이 찌개의 화룡점정畵龍點睛임은 두말할 필요조차 없다. 새우젓국은 내 인생의 마무리라고 할 수 있는 글쓰기와 음식 만들기라고 느껴진다. 그렇게 표현해도 과하거나 모자라지 않다는 생각에 가슴이 따뜻해지는 것은 무슨 연유일까.

돼지고기가 듬뿍 들어가고 갖은 채소가 어우러져 새빨갛고 뭉근한 국물이 일품인 찌개, 마치 누구의 인생을 닮은 듯 걸쭉한 찌개를 손맛 좋다는 내가 꼭 맛있게 끓이고 싶다. 그리고 내가 정말 사랑하는 이들과 나눌 수 있길 소망한다. 벚꽃이 흐드러져 꽃비가 내리는 날, 오지항아리가가 아닌 보온병에 담아서 그들이 기다리는 그곳으로 가져가리라.

봄이 코앞이다. 어느 작가는 봄의 징후가 찾아온 호수를 보며 이렇게 적었다. "봄의 신호는 하늘에 나타나기 전 먼저 호수의 가슴에 비친다."라고 하였다. 나도 지금은 제일 사랑하는 행위인 글을 쓰며 행복한 요리를 만드는 기회로, 내 삶의 한순간도 놓치지 않으려고 나름대로 험한 준령을 넘는 중이다. 왜냐하면 그들이 내 가슴을 비추고 있기 때문이다.

휘청거릴지언정 멈출 수 없는 글쓰기와 점점 손맛이 없어지지만 해야만 하는 요리는 바로 내 삶의 여정에 중요한 역할이니까. 언젠가 글쓰기와 요리가 뭉근하게 어우러져 깊고 행복한 맛이 나는 날이 오리라. 그날, 어느 해 봄을 불렀던 고추장찌개를 끓일 테다. 돼지고기와 큼직큼직하게 썬 온갖 재료들이 어우러진 찐하고 달콤한 인생 찌개처럼 초봄을 부른 고추장찌개, 그것은 내게 인생의 봄날도 불러 주리라. 그렇게 하고 싶은 일들이 많아서 탈이 날 정도의 나를 다시 살맛이 나게 할 테니까.

둔공 鈍功

: 현충일의 맹세

김 병 관

중국 당나라 때 시인 '이태백'이 한 때 글이 잘 써지지
않아 붓을 꺾고 유랑을 한 적이 있었다. 유랑하던 어느 날,
산중 오두막집에서 하룻밤을 묵게 되었다.
아침에 일어나보니 집주인 노인이 큰 쇠 절구를 숫돌에
열심히 갈고 있었다.
이태백은 "무엇을 하려고 그렇게 열심히 갈고 계십니까?"
고 물었다.
그러자 노인은 "네. 바늘을 만들기 위해서 입니다."
어느 세월에 그 쇠 절구를 갈아서 바늘을 만들려는지…
이태백은 노인의 행동이 답답하고 미련해 보였지만, 노인
은 계속해서 쇠 절구를 열심히 갈고 있었다. 그 모습을 한참
동안 보던 이태백은 큰 깨달음을 얻었다.

※ 강동문인협회 회원

그리고 바로 집으로 돌아와 다시 붓을 잡았고, 이후 대문호가 될 수 있었다고 한다.

아마 노인의 행동이 무망한 일일지는 몰라도 둔공을 들이는 그 과정만은 소중하여 이 세상에 태어난 목적이 실현되는 것이라 볼 수 있다.

필자가 1987년 백화점 파산 후 회사 출근도 곤란하여 노숙자 생활 비슷하게 할 즈음 놀기도 심심하여 꼭두새벽에 일어나 숲속 공터에 배드민턴장을 닦기 위해 삽질을 시작하였다.

구청에서 마련해준 큰길 옆 운동장보다는 바람에 민감한 배드민턴 운동에는 바람을 막아줄 숲속이 필요했던 차 마침 공원부지 안에 약간의 비탈진 공터가 안성맞춤이라 여겨져 무작정 둔공을 들이기 시작한 것이다. 아침 산책 나온 주민들이 뭐 할 거냐고 물어서 체육관을 지을 거라고 하자 모두가 이상한 눈초리로 가당찮은 일을 한다고 생각하는 것 같았다.

몇 개월간 매일 하루 3시간씩 흙을 퍼내고 푸대에 흙을 담아 축대를 만드는 등의 노력으로 코트 하나가 완성 단계까지 이를 무렵이었다. 그날도 어김없이 꼭두새벽에 현장에 나가 보니 간신히 쌓아놓은 축대가 훼손되어 있고 닦아놓은 운동장에는 간이 의자까지 놓여 있었다. 알고 보니 구청 녹지과 직원들이 몰려와서 공원부지라서 운동장 사용을 막으려고 한 조치임을 금세 알 수 있었다. 공원 훼손으로 고소·고발 대상이라는 경고장까지 붙어 있었다. 그렇다고 물러날 김병관이가 아니었다.

곧바로 구청으로 달려가서 구청장을 만나 설득하여 기존의 수목은 훼손하지 않는 선에서 운동장을 사용하라는 허락을 받게 되었다. 허락과 동시에 포크레인을 불러 약간의 무리수를 해서 두 코트를 완성 운동 환경이 좋아지자 회원들이 증가하여 두 코트로는 수용이 되지 않았다.

코트 20여 미터 산 아래에 큰 웅덩이가 있어 늘 물이 고여 있었는데 그곳을 흙으로 메워 운동장을 증설하기로 작정 미사리로 가는 흙을 실은 차들을 유인하여 200여 대의 흙을 받아 코트 3면을 증설하는 데 성공하였다.

모든 회원들이 기뻐하고 푸른 잣나무가 울창하여 청송青松 크럽이라 이름하여 새벽부터 하루 종일 주민들의 놀이터가 되었다. 그 공로 덕분인지 강동구 연합회장에 이어 40대에 서울시 연합회장까지 역임하게 되었다. 당시만 해도 실내체육관이 없었다. 공무원들 눈을 피해 회원들이 야외에다 비바람 막이를 설치하고는 철거반과 싸우느라 목불인견目不忍見이었다. 회원들의 호주머니 돈으로 설치한 비바람 막이 철거 현장에는 낙심한 회원들이 눈물을 쏟기까지 하였다. 행정 관청에서 국민의 갈망을 채워주지도 못하면서 부당한 규제만 능사라고 당시 고건 시장을 만나 특유의 설득력으로 규제 완화 지지를 받는 데 성공하였다.

변두리의 우사나 돼지 막사 허용과 같이 체육시설 설치를 허용한 것이다. 가는 곳마다 비바람 막는 간이 체육관이 등장하여 하루 종일 회원들이 북적거리다 보니 취사를 하는 등 외관 정비도 부실하여 일반 주민들에게는 혐오의 대상이 되기도 했다. 그간에 나라 살림살이도 늘어나 철거를 조건으로 현대식 체육관을 지어주는 방향으로 선회가 되었다.

김병관이 1987년 체육관을 짓겠다고 허풍을 친 청송클럽도 예외 없이 첫 삽을 뜬 지 30년 만에 근사한 체육관 들어서는 기적 아닌 기적이 이루어진 것이다. 어느 세월에 하냐고요? 뭐든지 옳은 일이라면 지금부터 하면 됩니다. 재능이 별로 없는데 어떻게 하냐고요? 뭔가를 이루는 것보다도 어떤 목표를 향해 나아가는 과정이 더 소중하다고 여기면 물러설 이유가 없고 용기가 충천할 것이다.

오늘은 현충일, 49년 전 159명의 전우가 순직하였으나 부끄러운 역사라 나라에서 외면한 위령탑도 사고 후 33만에 건립한 것도 포기하지 않는 김병관의 열정 때문이다.

또 하나의 둔공을 드릴 소재가 하나 나타났다. 며칠 전 6.25 최대의 격전지 낙동강 박진전투 현장을 돌아보고 낙동강 하천부지에 세계 평화공원과 참전국 민속관을 지어야겠다는 결심을 하게 되었다. 저에게 눈을 뜨게 해주신 구순의 안경홍 박사님[초대문교장관 안호상박사 장남]의 숭고한 열정에 감사하면서 필생의 과업으로 작정하고 둔공을 들여 볼 작정이다. 인류의 역사를 바꾼 낙동강 방어선 이제는 인류의 문명사를 바꾸는 성지로 바꾸어 볼 작정이다. 오늘 뜻깊은 현충일, 현충원으로 가서 호국의 용사들과 159위 동기들의 영령들에게 간곡한 마음으로 빌어볼 작정이다.

수필

잘 죽는 법

박 희

우리가 어리고 젊었을 때 어른들이 노상 하시던 말이 있다. "그동안 그럭저럭 잘 살아왔다만, 앞으로 죽을 일이 걱정이다. 그저 사나흘 동안 앓다가 쉽게만 가면 한이 없겠다." 라고 서로들 말을 한다. 이 세상에 올 때는 내 뜻이 아닐지라도 부모님과 주위의 여러분 덕에 잘 살아왔는데 앞으로 저세상 살아갈 일이 큰 걱정이다. 지금처럼 순탄하게 잘 살아왔듯이 갈 때도 9988234를 원한다. 99세까지 88하게 잘 살다가 2~3일 정도 앓다가 가고 싶다는 얘기이다. 늙은이라면 모두가 바라는 바이나 그게 그렇게 쉬운 일인가. 살고 죽음을 자기 마음대로만 한다면 얼마나 좋을까. 이것은 지난至難일로 고도의 수양이 이루어진 대도大道를 득도得道한 도인에게서만 가능한 일이다. 사람은 누구나 태어나는 그 순간부

※ 2005년 《자유문학》 수필 등단

터 죽음을 향해 나아가는 것은 지극히 당연한 일이건만 죽음이라는 단어를 실감하지 못하고 피상적으로만 느끼며 살아간다. 내 이웃의 지인知人들이 이 세상을 하직해도 관념적으로만 느낄 뿐 내 생활에 절감하지는 못한다. 그러다가 만년晩年에 와서 죽음이 목전에 당도함을 느끼고서야 지나온 생애를 반추하며 죽음을 맞게 되는 것이다.

이런 죽음에 대한 고민, 회한悔恨, 공포는 누구에게나 있으나 이것을 어떻게 맞이하고, 어떻게 수용하느냐는 만인의 숙제지만, 여기에 대한 슬기로운 해답은 종교에서 찾을 수 있다. 여러 종교 가운데 여기에 대한 대답이 가장 가슴에 와 닿는 종교는 불교라고 생각된다. 이 세상 모든 것은 사대(四大: 地, 水, 火, 風)의 결합과 흩어짐이다. 성주괴공成住壞空은 불교에서 만물이 유전변화流轉變化하는 모습을 설명하는 말로 생주이멸生住異滅과 같은 말이다. 불법佛法에서 하나의 사물이나 현상에 관한 것뿐만 아니라, 광대한 우주나 세계에 대해서도 탄생·존속·파괴·사멸의 모습으로 나누어 밝히고 있다. 물질이 처음에 생겨서 얼마 동안 존재하다가 점차 파괴되어 끝내 없어지는 것이니 사물이나 한 생각이 일어나서 머물렀다가 변화해 소멸하는 과정인 생(生: 탄생) 주(住: 존속) 이(異: 파괴) 멸(滅: 사멸) 그대로의 모습을 말한다.

불교는 참선과 수행으로 이 세상 모든 것을 관조觀照하고 초탈의 경지에서 모든 것을 이해하고 해석한다. 그래서 매사의 기거동작起居動作이 모두 참선이니 행주좌와어묵동정行住坐臥語默動靜이 모두 참선이다. 걷고, 머물고, 앉아 있거나 누위있을 때, 말하고, 침묵하고, 움직이거나 가만히 있을 때, 즉 일상생활의 모든 순간순간을 말한다. 이 모든 것이 선禪이 아닌 것이 없다. 생활 속에서 최선을 다하는 것이 선이라는 뜻이다. 이런 경지의 수행이다 보니 탈속脫俗이고 생사生死의 초탈超脫이다.

불교의 수행이 깊어 높은 경지에 이르면 삶과 죽음이 매일반이다. 그래서 그들의 죽음의 행태도 자유자재이다. 좌탈입망坐脫立亡이다. 단정히 앉은 채로 왕생하는 일을 '좌탈坐脫'이라 하고, 선 채로 입적하는 일을 '입망立亡'이라 한다. 법력이 출중한 고승이나 불심이 입신의 경지에 이른 선승들이라야 가능할 이야기다. 좌탈입망만 아니라 도화(倒化: 물구나무 한 자세로 거꾸로 열반에 드는 것), 보적(步寂: 걸어 가다가 열반에 드는 것) 등 아주 다양하다.

수행이 높고 깊은 큰스님은 본인이 사바법계娑婆法界를 떠날 때를 알아 상좌上座에게 목욕물을 데우라고 지시하고 목욕한 후에 방으로 들어가며 3일 뒤에 문을 열라고 지시한다. 이 3일 동안 조식調息으로 생을 마감하며 평생의 수행을 짧은 글귀로 남기니 이것이 열반게涅槃偈이다. 어느 스님은 시봉侍奉 제자를 데리고 뒷산에 올라가 선 자세로 소나무 가지를 잡고 한동안 침묵하기에 제자가 가까이 가서 보니 열반에 드셨다. 입망이다.

영암 대본 스님이 80세의 나이로 소주 영암산에서 임종할 때의 이야기다. 제자들이 청하였다. "스님의 도는 천하에 두루 하니 오늘 게송을 지어 말씀해 주시지 않고서는 가실

수 없습니다." "이 어리석은 놈들아, 나는 평소에도 게게(偈) 짓기를 게을리하였는데 오늘이라고 특별히 무엇을 하란 말이냐, 나는 평소에도 눕고 싶으면 누웠는데 오늘이라고 특별히 앉으라는 말이냐." 그렇게 말하고는 큰 글씨로 다섯 자를 써 주었다. '후사부수영(後事付守榮: 뒷일을 수영하게 맡긴다).' 그러고는 바로 누웠는데 곤히 잠든 것 같아 흔들어 보니 이미 세상을 떠난 뒤였다.

은봉(隱峰: 소무邵武 사람, 속성은 등(鄧) 씨) 스님은 마조도일馬祖道一과 석두희천石頭希遷에 참구參究하였으나 결국 마조의 말씀에서 깨달음을 얻었다. 죽을 때『은봉도화隱峰倒化라는 유명한 일화를 남겼다. 그는 오대산 금강굴 앞에서 시적(示寂: 모든 속박에서 벗어난 평온한 상태를 보인다는 뜻으로, 승려의 죽음)하기 전에 그를 따르던 대중에게 물었다.

"나는 여태까지 고승들이 누워 죽고 앉아 죽는 것을 많이 보아 왔다. 그런데 서서 죽은 놈이 있느냐?(제방천화 좌거와거 오상견지 환유입화야무? 諸方遷化, 坐去臥去, 吾嘗見之. 還有立化也無?) 그러니까 대중들이 말했다. "있습니다(왈: 유 曰: 有)." "그럼 거꾸로 물구나무로 서서 뒈진 놈은 있느냐?(사왈 환유도립자부? 師曰: 還有倒立者否?)" "그런 것은 들어본 적이 없습니다(왈: 미상견유 曰: '未嘗見有')." 그러자 은봉(인휭)은 거꾸로 선 채로 천화遷化하고 말았다(사내도립이화 師乃倒立而化).

거꾸로 선 채로 염을 다 했는데도 그 시체가 꼿꼿이 서서 도무지 움직이질 않는다. 어떻게 다비를 치를까 걱정이 되어 스님들은 의논하는데 구경하는 사람들은 모두 놀라 경탄

함을 마지않았다. 이때 은봉의 여동생이 비구니스님이었는데 마침 그 자리에 있었다. 꼿꼿이 거꾸로 서 있는 시체 앞에 가서 외치기를 "오빠! 살아생전에는 계율을 그렇게 무시하고 살더니만 죽어서는 이제 사람들을 현혹시키려 거꾸로 서 있소?" 하고 시체를 툭 치니 피식 쓰러지고 말았다. 다비를 치르고 사리를 거두어 탑을 세웠다. 이는 도거倒去요 도화倒化이다.

임제종의 종조인 임제 의현 스님으로부터 법을 전해 받은 관계 관계지한(灌溪志閑, ?~895) 선사가 그러하다. 선사가 입적할 때의 이야기다. 선사는 시자와 함께 차를 마시며 선사들의 임종 모습에 대해 담론하고 있었다.

"어떤가, 좌탈 하는 것도 진기하다 할 게 없고, 입망 하는 것도 별로 신통치 않고, 도화하는 것도 그리 썩 감심이 안 되니 어떻게 가는 게 좋을까. 옳지, 나는 이렇게 가야겠다."

별일도 아닌 듯 말하고는 바로 일어나 천천히 앞으로 몇 발자국 걸어 나가는 것이었다. 한 발짝, 두 발짝, 세 발짝, 넷, 다섯, 여섯, 일곱 발짝까지 나아가더니 그냥 그 자리에서 걸어가던 모양 그대로 멈춰 버렸다. 시자가 놀라 쳐다보니 이미 입적해 버린 뒤였다. 그야말로 보적의 모습이다. 정말 대도인大道人의 모습은 참으로 경이롭다. 그렇다고 하여 근기根器가 낮은 우리 속인俗人들이 그것을 따라 한다는 것은 무모한 일이다. 그러나 생사자재(生死自在: 삶과 죽음이 나 자신에게 있음)한 도인들의 생사자제(生死自制: 삶과 죽음을 스스로 통제함)의 경지는 우리가 배워야 할 점이다. 그리고 만년의 노구老軀의 삶은 언제

닥칠지 모를 죽음을 스스로 대비하고 당당하게 이 세상을 떠날 준비를 하는 것이 슬기로운 삶이라 할 것이다.

저녁노을에 시험 들 때

윤 영 남

"게으른 사람은 석양에 바쁘다." 이런 서양 속담이 있다. 아마도 내가 그런 사람인 듯하다. 오전 시간은 어디서나 조금 느긋하게 느껴진다. 때론 지루할 만큼 젊음의 날도 긴 듯했다. 어른이 빨리 되고 싶었는지도 모르겠다. 어른들이 하는 말씀과 행위가 때론 횡포나 권위적으로만 보일 때는 더했으니. 나도 어른이 되면 내 뜻과 의지에 따라 판단의 자유가 힘이 될 것으로 생각했다.

얼마 전, 탁구장에서 일어난 일이다. 난 백일도 안 된 새내기 연습생이라 감히 누구랑 상대를 할 만한 실력이 안 된다. 하지만, 코치님께 지도받은 후, 실전에서 누구라도 한 번 공을 치면서 주고받고 싶었다. 몇 친구들이 불러서 간 탁구장이지만, 그들은 몇 년씩 훈련받은 선수처럼 수준에 맞는

※ 1992년 ≪월간문학≫ 수필, ≪좋은문학≫ 시 부문으로 등단

사람들끼리 시합도 자주 한다. 그럴 때마다 눈요기로 그들의 특기와 장기를 구경하지만, 나도 누군가 탁구를 상대해 쳐준다면 얼마나 좋을까.

그때, 연세가 지긋한 고문이란 분이 나를 불렀다. 본인은 허리 수술했기에 구부려 공을 줍기 어렵단다. 내가 탁구공만 좀 주워준다면, 같이 쳐주겠다고. 반갑다. 초보를 상대해 주신다는 호의가 배려로 느껴졌으니까. 탁구공이 리듬을 맞춰 네트를 넘어서 탁구대에서 튈 때의 경쾌함이 좋았다. 공이 그분의 발아래 떨어져도 난 기꺼이 주워드렸지만.

요즘은 그분도 바쁜지, 아픈지 탁구장에서 뵙는 날이 뜸해졌다. 다시 기계에서 규칙적으로 날아오는 공을 치면서 훈련을 거듭했다. 혼자라도 좋다는 각오로 땀을 흘리는 기쁨도 건디면서. 스스로 인내와 훈련된 일상이 소중하다는 것도 체험할 기회로 여겼다. 내가 선택한 길에서 보람을 찾아야 하니까. 어떤 운동이나 취미생활, 기술까지도 연습 이상의 비법이 있겠는가.

오랜만에 새 탁구복으로 갈아입었다. 잠자리 날개처럼 가벼운 기능성이라서 그런지, 정말로 운동할 기분도 새로워졌다. 실력이 모자라면 장비라도 갖춰야 기분도 좋아지는가. 초보자의 어색함이나 기죽을 필요도 없다. 우선 탁구공과 감각적 사귐이 중요하기에, 날아온 지점과 날려 보낼 곳으로 잘 보내야 한다. 거리 감각과 손목이나 허리, 전체적 동작에서 가벼운 몸가짐이 필요하다. 기본자세를 몸으로 익혀서 자유롭게 공과 잘 어울려야 된다. 탁구공과 사귐에도 탁구

복이 필요하니, 또 충분 요건이 되리라. 어느 장소에서나 복장 준비는 기본이겠지만. 그 자체가 마음의 준비 자세가 아니겠는가.

얼마 후, 내가 기계 앞에서 땀을 흘리며 열심히 치고 있을 때였다. 그 모습을 누군가 지켜보는 느낌이 들었다. 이상했다. 내게 뭐가 잘못이라도 있는가. 낯선 분이지만 다가가서 물었다. 아니, 처음 보는 듯한데도 바른 자세로 잘 치는 모습이 좋아서 지켜보았단다. 그 정도면 자기랑 한 번 쳐도 좋겠다는 수긍의 태도까지 보였다. 아마도 일흔 살이 넘은 듯한 노익장 같았다. 하지만, 내겐 남녀노소를 따질 필요가 있겠는가. 기계의 전원을 끄고, 다른 탁구대에 갔다. 처음 상대를 만나서 탁구 치는 기분은 탁구공이 상큼하게 튀어서 내게로 찾아 날아오는 듯했다. 그 순간 선택된 자의 설렘으로.

한참을 정신없이 탁구 치다 보니, 온몸에 땀이 나고 무척 더웠다. 그 노익장은 나를 훈련생처럼 다뤘다. 이쪽으로 한 번, 저쪽으로 한 번씩 공을 날려 보냈다. 나도 공을 따라서 날라야 했다. 좌우로 번갈아 가면서. 나를 진땀이 나게 하고 즐기는 모습이 역력했다. 초보는 어떻게 공이 날아와도 다 받을 수 있어야 한다면서 십 년을 넘게 탁구를 취미로 쳤다고, 본인을 소개하듯 말을 건넸다. 잠시 뒤, 난 약속이 있다면서 탁구장을 나오며 생각했다. 탁구장에서 만남도 인품의 향기가 다르게 흐른다는 것까지도. 그렇다. 그만큼 오래 탁구 쳤다면, 그 작은 탁구공의 메시지나 상대의 입장도 헤아려 볼 줄 알리라. 아무리 그렇다고 쳐도, 난 그 분을 감내하거나 이해하고 싶지 않았다. 훈련은 코치한테서 받는 것으로 충분했으니까.

그곳에서 조금 떨어진 주차장 방향으로 걸으니, 벌써 저녁노을이 물들고 있었다. 새순의 노래로 시작된 연록의 잎들이 점점 짙어지고, 온통 나무마다 초록으로 새 옷을 입고서 뻗은 가지 끝으로 손짓하듯 새로운 계절을 부른다. 저토록 나무들은 선 채 겸손한 자세로 저녁노을을 온몸으로 받는다. 그런데, 난 잠시 머문 곳에서도 순리대로 순응하지 못하는가.

자꾸만 생각할수록 상대편에게 부서진 감정의 파편을 던지고 싶었다. 사람은 거의 자기의 주관적 모순에서 벗어나기 어려운 존재들인데, 노옹의 오만과 고집이 불통일 뿐이다. 늙을수록 더 겸손하거나 배려하면 좋겠다고, 오늘의 일화를 반면 거울로 삼겠다고, 자신과 타협하기로 했다. 나보다 나를 더 잘 아는 내면의 거울 보기로. 또한 남긴 내 뒷모습에 약간의 위안과 위로를 보냈다. 어색하지 않은 변명으로 그에게는 다른 약속을 빙자했지만.

어느새 나뭇잎 사이로 빛나던 태양도 산등성이 뒤로 숨었다. 그 주변이 불그스레하게 여운으로 물들고 있다. 마치 내 붉은 얼굴빛처럼. 마음껏 자신을 포용하고 싶었지만, 결코 혼자일 수 없었다. 탁구 상대가 아니라도 사람은 상대적 입장을 인정해야 한다. 또한 그 마음의 빛깔도 노을에 물들어 버린 얼굴처럼 부끄럽지 않으려 애쓰기 때문이다. 비록, 노을빛의 여운이라도 자연스럽고 아름답게 응시하고 싶다.

붓끝에서 피어나는 난향

장 순 월

난을 치다 보면 난 잎이 내 마음 따라가지 않는다. 난초 잎은 풀이나 나뭇잎에 흐른 초록색과는 다르다. 막 목욕하고 나오는 소녀처럼 향기롭고 단아하며 순수한 표정이랄까. 간결하면서도 심오하고, 화장이나 치장하지 않은 고결한 품위를 지녀야하기 때문이다.

인적 없는 산골짜기에서 묵묵히 자라나 꽃을 피우며, 그 향을 드높이는 속기俗氣 없는 고귀함에서 연유된 말이기도 하다. 한편, 난초는 두터운 우정을 상징하기도 한다. 역경易經에서는 두 사람이 마음을 같이 하면 그 이로움은 금속도 끊는다고 하였고, 마음이 같은 사람의 말은 그 향기가 난초와 같다[同心之其臭如蘭]고 하였는데, 여기서 두터운 우정이란 뜻에서 금란지교金蘭之交라는 말이 유래 되었다.

※ 2002년 ≪창작수필≫로 등단

몇 년 전, 어느 신문에 실린 기사에 난초는 좌란 30년, 우란 30년 걸린다는 글을 읽은 기억이 난다. 좀 과장된 기사였지만 그만큼 어렵다는 말이다. 요즘 사군자 배우러 오는 수강생들을 보면 30여 년 전, 내 모습을 보는 것 같다.

"왜(?) 이렇게 난 잎이 선생님처럼 안 될까요?"

"이 사람아, 내 서력이 40년일세. 꾸준히 연마研磨하고 난화도 일만 번 치게나."

30여 년 전 선생님께서 하셨던 그 말씀을 나도 똑같이 우리 회원들에게 하고 있다.

남자 회원 한 분은 "사업을 해서 돈을 벌라면 많이 벌수도 있는데, 난초 잎 하나 제대로 치기가 훨씬 어렵네요."

또 다른 여성 회원은 "우아하게 한복 입고 난치는 모습을 상상하며 배우러 왔는데, 언제쯤 그렇게 될까요?"각자 느끼는 대로 30년 전 나처럼 질문을 한다.

붓만 들면 난蘭에 꽃이 피어나는 줄 알았던 그 시절, 시작이 반이라고 하지만, 난을 친다는 것은 오랜 시간 꾸준히 연마하는 길이다. 마음이 급하다고 빨리 갈 수 있는 길이 아니다. 내가 처음 사군자에서 난을 치는 법을 배울 때, 설레던 그 마음이 우리 회원들도 영락없이 똑같다.

묵향에서 살아 있는 난초의 숨결을 느끼듯, 묵향과 난향은 오랜 세월 사랑하다 보면, 고운 선線으로 맺어진다는 사실을, 먼 훗날 30년이 지나면 알게 될 것이다.

버릴 수 없는 우산

전 해 주

캘리포니아에서 지낼 때였다. 그림을 그리며 영어를 배우러 학교를 다녔다. 회화는 부족했지만, 문법은 인정을 받아서 상급반에 배정되었다. 하루 4시간씩 꽉 짜인 수업이었다. 선생님이 정한 주제에 따라 한 사람씩 교단 위에서 자기의 생각을 발표하는 시간이었다. 사람들 앞에 서면 긴장되고 떨려서 우리말로도 엉뚱한 말이 곧잘 튀어나오곤 하는 나는 처음부터 발표를 못 하겠다고 했다. 그러나 선생님은 집요하게 나를 설득했다. 할 수 없이 앞으로 나가 엉터리 영어를 정신없이 해댔다. 눈치가 빠르고 융통성이 있는 선생님이었지만 내 말을 거의 알아듣지 못했다. 긴장된 나 또한 중간중간 선생님의 질문조차도 잘 알아들을 수가 없었다. 너무 창피하고 난감하여 연기처럼 어디론가 홀연히 사라져 버리고

※ 2005년 《한국수필》로 등단

싶은 심정이었다.

그때, 한사람이 나서서 내 말을 거들어 주기 시작했다. 일본인 키세코라는 여인이었다. 170센티가 넘는 큰 키에 눈매가 서글서글한 그녀는 신통하게도 내 말을 잘 이해했다. 그때부터 선생님은 내게 질문을 하기 전에 그녀에게 먼저 도움을 청했다. 나도 숨통이 트였다.

그녀가 중간에 몇 마디 거들어 주면 선생님은 금방 알아듣고 다음으로 넘어갔다.

키세코는 마치 내 마음속에 들어와 앉은 것 같았다. 키세코 덕분에 스피치 시간을 두려워하지 않게 되었다. 그녀는 항상 일찍 와서 꼭 자기 옆에 내 자리를 맡아 두었다.

우리는 하루 종일 붙어서 지내다시피 했다. 수업을 마친 후에는 함께 멋진 레스토랑을 찾아다니며 점심을 먹고, 쇼핑도 하고, 영화를 보기도 했다. 그녀는 집안에서 피는 꽃을 따다가 납작하게 말린 후 그 압화를 작품으로 만드는 취미를 갖고 있었다. 우리는 때때로 압화로 거울을 장식하기도 하고, 사진을 넣어둘 프레임을 이쁘게 만들기도 했다. 그녀와 있으면 시간이 가는 줄 몰랐다.

어떤 때는 내 집까지 데려다주는 그녀를 집 안으로 들어오게 해서 음식을 만들어 주기도 하였다. 그녀는 내가 가르쳐 주는 한국요리에 흥미를 보이며 나를 거들었다. 내가 요리한 잡채와 약식, 불고기를 무척 좋아했다. 특히나 매운 고추장을 부침가루에 풀고 송송 썰어서 만든 부침개를 좋아했다. 그녀는 그것을 코리안 피자라고 부르며 일본에 가면 한국 음식점을 열거라고 너스레를 떨었다.

미국을 여행하던 친구들이 우리 집에 들렀을 때였다. 시내 구경이라도 시켜주고 싶었지만, 당시 내겐 차가 없어 난감했다. 학교에 가지 않고 집에서 친구들이랑 수다나 떨며 시간을 보내고 있는데 집 밖에서 "주!" 하고 나를 부르는 소리가 들렸다. 키세코였다. 내 고민을 헤아린 그녀가 수업을 빼먹고 자기 차를 몰고 나타난 것이다. 우리는 금방 어울렸다. 우리는 며칠을 한 가족처럼 재미나게 지냈다.

그러던 어느 날 밤, 키세코가 나를 찾아왔다. 친정아버지가 편찮으셔서 급히 일본을 다녀오겠다는 것이었다. 작별 인사를 하던 그녀는 담벼락에 기대서 마치 영영 헤어지는 사람처럼 나를 부여안고 눈물을 흘렸다. 그것이 그녀와 마지막이 될 줄은 몰랐다. 금방 다녀올 줄 알았는데 무슨 이유일까. 돌아오지 않는 것으로 보아 상황이 좋지 않은 것이 분명했다. 내게 털어 놓았던 많은 사연이 생각났다. 그녀가 힘든 생활을 할지도 모르는데 나는 따뜻한 말 한마디 전할 길이 없었다. 그녀의 일본 전화 번호 하나 알아놓지 못했던 것이 후회가 되었다.

이국 생활에서 힘겨워할 때 변함없이 긴 팔을 벌려 나를 보듬어주던 그녀는 캘리포니아의 뜨거운 햇살 아래서 내겐 늘 그늘 같은 존재였다. 그녀가 떠난 빈자리엔 뜨거운 태양만 이글거렸다. 나는 학교에서 돌아오면 두문불출하고 집에서만 지냈다. 갈수록 그녀의 부재가 모르고 지냈던 때보다 나를 더 힘들게 만들었다. 나의 그림의 모델이 되어 주었던 그녀는 한 달이 가고 두 달이 가고 내가 미국을 떠날 때까지 돌아오지 않았다.

　서울에 돌아와서 나는 문학모임에 나가기 시작했다. 거기서도 역시 내 의견을 발표할 차례가 되면 얼굴이 붉어지며 말문이 막혔다. 그때 한 여인이 나에게 힘이 되어주기 시작했다. P였다. 그녀도 키가 컸고 서글서글하면서 나와 말이 잘 통했다. 나는 키세코를 다시 만난 듯 착각이 들었다, 그녀와 급격히 가까워졌다.
　P와 서점에서 만나기로 한 날이었다. 지하철에서 내려 밖으로 나왔을 때 소나기가 내리고 있었다. 우산이 없는데 어쩌나 싶었다.
　그때 갑자기 P가 내 앞에 나타났다. 쏟아지는 빗속에서 우산을 받치고 내가 나오기를 기다린 것이다. 순간, 나는 P가 꼭 키세코 같았다. 어쩌면 나는 키세코와 캘리포니아에서 헤어진 후 줄곧 그녀를 찾고 있었는지도 모른다. 내가 우산이 없는 것을 본 그녀는 나를 데리고 곧바로 상점으로 들어가더니 우산 하나를 골라 내게 내밀었다. 까만 바탕에 색색이 점이 찍힌 것이었다. 이 우산을 쓰고 있으면 내 머리 위에 마치 오색 꽃비라도 내리는 것처럼 기분이 상쾌했다. 특별한 느낌을 주었다. 그 후 우리는 공연이나 그림 전시회도 같이 다녔다. 언뜻언뜻 그녀에게서 키세코를 엿보곤 했다.
　그러나 우리의 우정은 그리 오래가지 못했다. 사소한 오해가 있었다. P와는 키세코보다 말이 훨씬 더 훨씬 잘 통했는데…….

말하는 사람은 자기가 하고 싶은 말만 하고 상대방은 자기가 듣고 싶은 말만 듣는다더니, 통한다는 느낌이 이미 어긋나고 있는 건지도 모른다. 고개를 끄덕이며 잘 이해한 듯하던 사람이 나중에 알고 보면 엉뚱한 오해를 하고 있는 경우가 얼마나 많았던가. 나는 얼마 정도 시간이 지나면 저절로 오해가 풀리리라 했는데 나중엔 무얼 오해했는지조차 전혀 알 수가 없었다. 차라리 처음부터 말이 잘 통하지 않았더라면 오해조차 없었을지도 모를 일이었다. 그렇게 P는 멀어져 갔다. 키세코는 추억을 남겼지만, P는 내게 우산까지 남겨놓고 떠나갔다. 비 오는 날이면, 조금 망가진 우산을 든 내게 친구들은 속도 모르고 떠들어댔다.

"해주야, 그 고물 제발 좀 버려라. 얼마나 한다고? 어울리지 않아."

나는 그저 웃고 말았다. 아마도 나는 오래도록 이 우산을 버리지 못할 것 같다.

등잔 밑이 어둡다

정 정 숙

서예 학원 학부모로 만난 인연으로 늦은 만학도의 고등학교 마친 후 대학에서 대학원 미술 석사논문도 마치고 지금은 교육학박사 과정을 공부 중인 제자가 일주일 한번, 승용차로 한 시간 거리를 찾아온다.

그 이유가 프레젠테이션을 만드는 방법을 알기 위해서다. 주부들은 핸드폰 문화가 발달하여 컴퓨터의 어려움이나 두려움을 해소하는 데 도움은 되지만, 그렇다고 컴퓨터를 할 줄 아는 거와는 다른 문제이다.

발표를 한다는 건 화면에 올려 모니터를 통하여 요약된 과제를 발표자가 충분히 설명하는 것이다. 자료를 정리하여 만들어 한 페이지씩 넘기며 화면과 정리한 요점을 발표하고 설명과 질문도 받아야 한다. 프레젠테이션은 pt자료를 잘

※ 2000년 ≪창작수필≫로 등단

만들어야 하는데, 과제물은 내담자와의 상담사례 발표 사례였다. 제자는 열정이 있어 자료를 충분히 가져왔으며, 내용은 짧고 정확히 간단하게 4페이지로 둘이 함께 상의하고 만들어서, 발표 후에 샘플로 쓸 만큼 칭찬을 받았다고 좋아하였다.

과제물 발표를 잘하여 교육학 교수님과 점심을 함께 하게되었다. 식사는 전복 메뉴로 입이 호강한 성찬이었다. 거기다 국수를 좋아하여 물회와 국수말이가 나왔는데, 교수님께서도 국수를 좋아한다며 새콤달콤한 국수를 먹고 난 후 커피를 마시며 담소를 나눌 공간이 따로 있어 손님도 한산하여 우리만의 여유로운 시간을 가졌다.

오랜 유치원 경력과 교육학 전문 교수로서 일흔의 나이에도 학교 밖 외부 강사로 열정적인 일상을 커피보다 달콤한 인생 이야기로 들려주셨다. 두 딸은 명문 의대와 영문과를 전공하여 의사와 영어전공으로 수재였다고 하였다. 반면 막내딸은 국어 시간 받아쓰기부터 백지로 써놓고 공부를 않아 걱정이 되어 일찍이 두 언니를 유학 보낼 때 같이 해외로 보냈다고 하였다. 한국에서 못하던 공부에 영어까지 못하는, 키도 작은 외톨이의 막내딸은 그림에는 두각을 나타내어, 언어의 장벽을 넘어 천부적인 재능으로 고등학교, 대학교까지 장학생으로 디자인을 전공할 수 있었다고 한다. 지금은 유수한 기업 디자이너로 해외에서 일하고 있지만 어린 날 상처로 개성도 강하여 조금 까칠한 성격으로 부모로서는 마음이 아프다고 하셨다.

그 이야기를 듣고 '언어도 통하지 않는 무법천지에다 어린 중학생을 보냈구나.'라며 대학생인 아들을 혼자 외국으로 보냈을 때의 내 모습을 떠올려 보았다.

그 딸이 부모님을 뵈러 잠시 한국에 들어온다며 음식은 한국식으로 준비하고, 어린 날 받은 까칠한 마음을 상하지 않게 어떻게 잘 보내야 하는지 걱정하셨다.

그래서 딸과 둘만의 시간을 가지고, "그때는 엄마가 정말 미안했다. 딸아! 사랑한다."라고 따뜻하고 진정한 사과의 말과 함께 집에 머무는 동안은 딸의 방을 만들어 온전한 공간을 편히 쉬고 가게 하라는 당부를 하였다.

그러자 내 이야기를 다 듣는 순간 그 교수님이 눈물을 주르르 흘리셨다.

나에게도 오래전, 아들이 대학 졸업을 앞두고 멕시코로 첫 해외로 나가던 날, 안개 긴 새벽의 공항에 내려주고 돌아오는 차 안에서 내내 안아주며 '잘 다녀와라.' 등 한번 두들겨 주지 못한 마음의 후회가 오래도록 자책이 되었던 생각이 나서였다.

훗날 다시 돌아왔을 때 "공항에서 엄마가 안아주며 잘 다녀오라 하지 못해 정말 미안했다."라고 말하니, 아들이 덤덤히 "조금 그러긴 하였어요."라고 하며 겸연쩍게 넘겼던 일을 이야기하였다.

전국 교육상담의 전문가이신 많은 상담 치료를 하신 교수님도 등잔 밑의 어두움을 잘 모르셨으리라.

　나도 다른 사람들의 이야기는 들어주고 해결하는 방법을 찾아주기는 하지만, 등하불명燈下不明이라고 실제 등잔불 자체는 전기가 없던 시절에 방을 환하게 비출 수 있을 정도로 밝고 요긴하게 쓰이나, 그러나 등잔 밑은 그 불빛에서 나온 그림자, 특히 등잔대의 그림자에 가려지기 때문에 오히려 어둡다.
　그래서 바로 대상이 가까이에 있는 것을 못 찾을 때를 흔히 '등잔 밑이 어둡다.'라는 말을 쓴다.
　정작 앞만 보고 주변과 다른 사람들과의 소통은 하면서 내 가족이나 내 아픔은 뾰족이 내밀었을 때나 곪아서 터졌을 때만 보이지 가까이 잘 볼 수가 없다.
　어느 대중가요 가사처럼 '전화기 충전은 잘하면서 여백이 없어서 내 마음의 충전을 못 한다.'라고 내 마음을 잘 충전하지 못하여서 등잔 밑 어두움을 못 보고 무심히 지낸다.
　평소 나와 가족과도 잘 소통하여 어두운 등잔 밑이 어두운 일이 없어야겠다.

햄스터와 정情이 들다

한 옥 련

　어느 날 대학생이 된 아들이 박카스 상자 하나를 조심스럽게 들고 들어왔다. 그것이 무엇이냐고 물었더니 햄스터라고 하는데 들여다보니 영락없는 새끼 쥐였다. 어찌나 징그러운지 나는 정색을 하며 당장 치우라고 했다. 아들은 뽀로통하고 있더니 다음 날 가지고 갔다.

　며칠 후 내가 너무 했나 싶어, 저녁에 들어온 아들에게 햄스터는 어디 있느냐고 물었더니, 학과 사무실에 있다고 했다. 나는 짠한 생각이 들어 그럼 집으로 가지고 오라고 했더니, 아들은 좋아하며 다음날 곧바로 가지고 들어왔다. 햄스터를 집에 들여놓은 후, 집을 만들어 주고 먹을 것을 주었더니 잡식성이라 무엇이든 잘 먹고 누런 황금색으로 튼실하게 잘 자라는 것이다. 좁은 집이 답답할 것 같아 식구

※ 2024년 《국보문학》 수필로 등단

들이 없는 틈을 타서 가끔씩 꺼내 놓기도 했는데, 그럴 때면 주방과 거실 베란다를 맘껏 뛰어 다녔다. 다른 애완동물들처럼 햄스터는 영리했다. 먹이 주는 식구를 알아보고 그러지는 않는데, 낯선 사람이 먹이를 주면 손가락이 물린다. 샤워를 시켜도 시원한지 양전하게 있다.

어느 날 햄스터가 보이지 않았다. '어딜 갔을까.' 하고 여기저기 찾아다녔지만 찾을 수가 없었다. 그렇게 며칠이 지났고, 어느 날 마트에 다녀오다가 경비실로 눈이 갔는데, 거기에 까맣게 때가 묻고 홀쭉한 햄스터가 통 속에 넣어져 매달려 있다. 너무 반가움에 우리 햄스터라고 말했더니, 경비는 어느새 옆집 아줌마를 데려와 그동안 있었던 이야기를 했다.

밤늦게 거실에서 다림질을 하고 있는데 쉬익 하고 뭔가 금방 쏜살같이 지나간 것 같은데, 순간 죽은 듯이 조용하더라는 것이다. 그 아줌마는 자신이 잘못 보았나 하고 다시 하던 일을 하고 있는데, 또다시 휘익 하고 뭐가 지나가는데 분명 쥐였다. 너무 놀란 나머지 경비실에 연락을 취했고, 경비 아저씨는 자루를 들고 달려와 냉장고 밑에 있는 쥐를 자루 속으로 몰아넣어 잡았다고 한다.

그렇게 소동을 피우면서도 햄스터는 그동안 새끼를 낳아서 키웠고, 이웃에 나누어 주기도 했다. 햄스터가 때론 병이 나기도 했는데, 그럴 때면 동물 병원에 데려가 주사를 맞히고 약을 먹여 치료를 해주었다.

햄스터 종류는 시리아산 골든 햄스터로 자연 속에서 살면

수명이 4년 정도이고 우리 속에 가두어 키우면 2년 이내라고 한다.

우리 햄스터도 거의 2년이 되자 목에 주름이 생겨 늘어지고 이빨이 빠지고 앞니만 남아 있어서 먹을 것도 무른 것만 주었다. 늙고 병이 들어 힘이 없는데도 햄스터는 그 몸을 이끌고 가서, 보던 곳에 용변을 보고 깔끔하기가 인간과 다르지 않았다. 하루살이가 하루를 살아도 할 일을 다 하고 간다고 하더니, 한낱 미물도 생로병사의 과정이 인간과 다르지 않음을 알게 되었다.

그리고 수명을 다한 뒤에, 숨을 거둔 햄스터를 삼베 보자기에 싸서 공원의 나무 밑에 묻어주었다.

아들이 처음 가져 왔을 때, 징그러움에 내쫓았던 새끼 햄스터를 2년 동안 키우면서 정이 들어 죽고 난 뒤에도 처음과 똑같은 누런 햄스터를 사다가 키우기를 네 번, 네 마리의 햄스터도 수명은 똑같았고 꼭 2년씩 8년을 키웠다.

제3부 소설·동화

모래집

박 서 영

청남 빛 하늘과 맞닿은 푸른 바다는 변함없이 그 자리를 지키고 있었다. 파도가 하얀 포말을 말아 모래 위에 내동댕 이치고, 바닷물은 모랫바닥에 널브러진 발자국들을 쓸어버 렸다. 푸른 바닷물은 그때나 지금이나 여전히 밀려갔다가 밀려오고 거대한 구렁이 등가죽처럼 꿈틀거렸다.

경포 앞바다에 서면 저 멀리 5리 바위, 그보다 조금 더 먼 10리 바위가 20년이 훌쩍 지났음에도 변함없이 망부석처 럼 그 자리에 단단히 웅크리고 있다.

'바닷가 모래밭에 손가락으로 그림을 그립니다. 당신을 그립니다. 코와 입 그리고 눈과 귀 턱 밑에 점 하나 입가에 미소까지 그렸지마는 아~아 마지막 한 가지 못 그린 것은 지금도 알 수 없는 당신의 마음~.'

※ 2004년 ≪문학세계≫ 소설 등단

아련하게 지연이 음성이 들리는 것 같았다. 지연이는 집안일을 할 때 음식을 만들 때, 기분 좋을 때 저기압일 때, 신곡도 아닌 한참이나 유행 지난 방주연의 '당신의 마음'을 두 눈 지그시 감고 자주 흥얼거렸다.

어쩌면 지연이는 자신의 운명을 예견했는지 모른다는 생각이 들었다. 발을 델 만큼 뜨겁게 달구어진 경포바다 백사장은 여름이면 언제나 사람들로 북적거렸다. 한여름 해변 휴양지는 언제나 풍요로웠고 사람들을 들뜨게 했다. 그날도 지연이와 나는 피서객들이 홍청거리는 해변에서 그들 틈에 끼어 즐겁게 놀고 있었다.

한양여전과 강릉대, 두 군데 같이 합격한 우리는 갈등했다. 그야말로 한양으로 가느냐. 바닷가 해변이 있는 강릉대를 가느냐? 부모님은 4년제를 가라고 했고 우리는 서울로 가고 싶었다. 결국 우리는 서울을 포기하고 바닷가를 택했다. 지연이는 서울에 가고 싶어 안달했지만 자유롭고 호기심 많은 나는 지연이를 설득했다, 마침, 집안이 어렵던 지연이는 내방을 함께 쓰자는 제안에 할 수 없이 마음을 굳히고 강릉으로 왔다. 대개 누구나 그렇듯, 1학년은 적응하느라 정신없이 보냈다. 2학년이 되어서야 겨우 여유가 생겨 미팅을 하고 남자 친구도 만났다.

바다가 좋아 강릉대를 택한 우리는 시간이 날 때마다 달려 나와 경포바다를 찾았다. 수영복 차림으로 바다에 뛰어들어 물놀이를 하고, 지칠 무렵이면 밖으로 나와 아담한 초가집을 짓고 예쁜 정원을 만들고, 인어공주를 만들어 집 앞에 눕혔다. 주변에 사람들이 하나둘씩 모여들어 인어공주를 둘러싸고 감탄했다. 진짜 사람 같다고, 너무 잘 만들었다고, 지연이와 나도 그들의 칭찬으로 기분이 좋아 기쁘고 마음도 들떴다.

그때, 저만치에서 지연이 남자친구가 처음 보는 여자 손을 잡고 이쪽으로 걸어오고 있었다. 어떤 머뭇거림 없이 표정 하나 변하지 않고 당당히 걸어오는 것이다. 나는 이게 무슨 시추에이션인가 싶어, 나도 모르게 내 뒤에 서 있는 지연이를 돌아보았다. 지연이도 내가 보고 서 있던 방향을 바라보고 서있었고, 그 큰 눈으로 분명히 두 남녀를 보고 있었다. 작은 체구에 뽀얀 피부를 간직한 귀엽게 생긴 여자였고, 보기 좋을 만큼 살집도 올라 있었다.

지연이 남자 친구는 눈에 띄게 옷차림이 변해 있었다. 평소 가난뱅이 지연이 남자친구는 늘 같은 옷만 입고 있었다. 단벌 청바지에 체크 남방 단벌, 그렇던 남자가 값비싼 유명 메이커 옷을 입고 명품 가방까지 메고 있는 것이었다.

남자 곁에서 조신한 미소를 짓고 걸어오는 여자는 어쩐지 어색하고 지연이 남자 친구와 어울리지 않는다는 느낌이 들었다. 언뜻 보아도 여자가 남자보다 십 년쯤은 연상 같아 보였다.

"지연아! 인사해. 오빠 약혼녀야."

나는 무엇을 잘 못 들었나 싶어, 한동안 멍한 표정을 숨기지 못했다.

"얘기 많이 들었어요."

"뭐라고. 이건. 무슨 소리야."

지연이는 한마디 해놓고 입이 붙은 듯 최소한의 말도 못하고 꼼짝없이 서 있었다. 지연이는 이 상황을 어떻게 받아들여야 할지 몰랐을 것이다. 나 역시 뒤통수를 쇠뭉치로 얻어맞은 듯 먹먹했고 정신이 없었다.

"갈게. 니들도 들어가라."

정신을 못 차리고 있는 두 여자를 남겨 두고, 지연이 남자친구는 한마디하고 여자와 반대쪽 사라지는 것이다.

"내가 뭘 본 거니?"

마침 청명하던 하늘에 먹구름이 몰려왔다. 금방이라도 비가 쏟아질 것 같았다. 해변에서 놀던 사람들은 부지런히 짐들을 챙겼다.

마음이 다급해진 우리도 모래사장에 펴 놓았던 파라솔을 접고, 바닥에 깔았던 돗자리를 걷고 휴게실에 들어가 샤워를 마치고 마른 옷을 갈아입었다.

그날 밤, 비는 태풍으로 바뀌어 일본 전역을 강타하고 남해로 북상하며 중부지방에 엄청난 비를 뿌린다는 보도를 시시각각 전했다. 곧이어 천둥과 번개를 동반한 장대비가 퍼부었다, 거센 태풍이 휘몰아치고 거센 바람에 모든 물체가 힘없이 부서지고 날아가는 사태가 발생했다.

마치 전쟁이 터졌구나 싶은 두려움에 휩싸인 밤이었다. 점점 거세지는 굵은 빗줄기는 마치 호수를 대고 물을 쏟아붓는 것 같았다.

"너 먼저 들어가. 잠깐 다녀올게."

남자가 여자를 데리고 사라진 방향으로 뒤늦게 뛰어간 지연이는 밤늦도록 돌아오지 않았다. 이 엄청난 폭우 속에 지연이는 어떻게 되었는지, 여기저기 전화를 해 보았지만 지연이를 보았다는 사람은 없었다.

초저녁부터 새벽까지 쉬지 않고 쏟아지던 폭우가 날이 샐 때쯤 빗줄기가 가늘어졌다. 하지만 비가 그치고 날이 밝아도 지연이는 돌아오지 않았다. 나는 시간이 지날수록 불길한 예감이 들었다.

지연이가 사라진 지 만 하루가 지날 무렵이었다. 경포 바다 모래밭은 언제 그랬냐는 듯 밝게 떠오른 햇살처럼 지연이도 나타났다.

하늘이 구멍 난 듯 끊임없이 쏟아부었던 장대비도, 거세게 몰아치던 성난 파도도 잔잔히 멈춘 바닷가 모래밭에 몇몇 사람들이 모여 서서 웅성거렸다. 나는 혹시나 하는 예감으로 정신없이 뛰쳐나가 사람들을 밀친 내 눈앞에, 지연이가 두 눈을 꼭 감고 처연히 잠들어 있었다. 이 세상 더러운 것은 더는 보지 않겠다는 결연한 표정이었다. 비에 젖은 긴 머리카락이 창백한 얼굴을 반쯤 가리고 누워 있었다.

사랑하는 남자 배신이 목숨을 버릴 만큼 대단했던 것일까. 부모 형제가 없었던 외로운 고아 지연이에게 사랑하는 남자 배신은 큰 상실감이었을 것이다. 그 큰 상실감을 이겨내지 못할 만큼 마음이 여렸던 지연이는 21살 꽃다운 나이에 자신이 만든 모래집으로 갔다.

나는 경포바다 모래밭에 서면 그때마다 그 뜨겁던 여름

이 생각나고, 모래집을 쌓고 놀던 그날이 떠오른다. 그럴
때면 그녀가 흥얼거렸던 '당신의 마음'이 귓가에 아스라이
들린다.

황사장의 마음감옥 탈출기

강 용 숙

황사장은 오랫동안 불면증에 시달리고 있었어요. 불면증은 밤에도 잠이 안 오는 병이에요. 잠을 못 자니 신경이 예민해져서 식구들에게 벌컥벌컥 화를 내기도 했지요.

그뿐 아니라 심장병도 생겼어요. 처음에는 심장이 '두근두근' 거리더니 시간이 지날수록 '쿵쾅쿵쾅' 뛰지 뭐예요? 어느 날은 심장이 너무 쿵쾅거려서 걸음을 멈추고 가슴을 꼭 누르기도 했어요. 황사장은 이러다 죽으면 어쩌나 겁이 나서 병원에 가서 몸 구석구석 검사를 받았어요.

의사 선생이 말했어요.

"정밀 검사를 한 결과 특별한 이상은 없어요. 정신적으로 고민거리가 있나요?"

황사장은 화들짝 놀라며 말을 더듬었어요.

※ 1991년 ≪한국아동문학연구≫ 등단

"아, 아니요. 사업을 하다 보면 신경 쓰이는 일들이 있게 마련이지요."

"그러시겠지요. 그래도 마음을 편히 가지시고 잘 쉬는 것이 장수의 비결입니다."

집에 돌아온 황사장은 의사가 준 약을 먹고 잠이 들었어요. 그런데 뜻밖에도 돌아가신 아버지가 나타났어요. 황사장이 놀라 인사를 하는데 아버지는 화가 난 얼굴로 말했어요.

"네 병의 원인은 네가 알렸다! 굶기를 밥 먹듯 하던 옛날에 비하면 임금 같은 호사를 누리고 사는데 지금 무슨 짓을 하고 있는 거야. 이 어리석은 것아."

아버지가 들고 있던 지팡이를 내리치자 옛날 일들이 영화 필름처럼 지나가기 시작했어요.

총각 시절 그는 이웃집에 품을 팔아 하루하루 살았어요. 가난해서 시집오겠다는 처녀가 없어 늦도록 장가도 못 갔지요. 어느 날, 옆집 아주머니의 소개로 맞선을 보았는데 황씨 청년은 무척 실망을 했어요. 아가씨가 몽당빗자루처럼 뚱뚱하고 얼굴은 호박무늬보다 더 거칠었던 것이지요. 외모가 훤칠하니 잘생긴 청년은 자기와 아가씨가 어울리지 않는다고 생각했어요. 그런데 아버지가 덜컥 병이 들어 자리에 눕게 되었어요. 황씨 청년은 하는 수 없이 맞선을 본 아가씨가 좋다면 결혼을 하기로 했어요.

"내 형편에 살림 잘하고 아버지 잘 모시면 되지 뭐."

황씨의 아내는 부지런하고 착했어요. 힘이 세서 힘든 일을 척척해 내기도 했지요. 어느 날, 황씨의 아내가 말했어요.

"이제 몇 달 후면 우린 부모가 되어요. 아기도 태어나는데 앞으로 어떻게 아기를 키울지 대책을 세워야지요. 그래서 말인데 저 산비탈에 버려진 땅을 일구어 보면 어떨까요? 당신이 관청에 가서 허락을 받아보세요."

황씨는 퉁명스럽게 말했어요.

"참 미련한 사람이구면. 거긴 돌덩어리들과 나무들이 뒤엉켜서 아무짝에도 쓸모가 없어요. 어느 세월에 그 땅을 가꾸어 곡식을 심겠어?"

"시간이 걸려도 무언가를 해봐야 희망이 생기죠. 다른 방법이 없잖아요?"

아내는 시아버지를 간호하는 틈틈이 산비탈에 가서 일을 하기 시작했어요. 크고 작은 돌들을 캐내고 어지럽게 엉켜 있는 나뭇가지들을 골라냈어요. 돌과 나뭇가지에 찢겨 손이 온통 상처투성이가 되어도 포기하지 않았어요. 처음엔 구경만 하던 황씨도 아내의 억척에 하는 수 없이 함께 일을 거들기 시작했어요. 해를 거듭하자 풀 한 포기 나지 않았던 척박한 땅이 제법 기름진 땅으로 변하기 시작했어요.

황씨 부부는 그 땅에 사과나무 묘목을 심었어요. 거름을 주고 온갖 정성을 쏟으니 사과나무는 무럭무럭 잘 자라 몇 년 후 탐스러운 열매를 맺었지요. 황씨네 사과는 인근 과수원의 사과들보다 훨씬 달고 맛이 있었어요. 입소문이 꼬리를 물고 퍼져나가 황씨네의 '능금 과수원'을 모르는 사람이 없게 되었죠.

황씨는 해마다 풍년이 들어 과수원을 넓혀갔어요. 돈이

생기자, 황씨는 인근에서 가장 멋진 집을 짓고 비싼 승용차도 샀어요. 사람들이 사장님이라고 부르며 굽신거릴 때마다 황사장은 목을 곧추세우고 거들먹거렸죠. 황사장은 생각했어요.

'돈은 무엇이든 할 수 있는 만능 신이야. 좋은 집도, 차도 살 수 있고 돈이 있으니 모두 굽신거려 기분 좋군. 무슨 수를 써서라도 돈을 더 많이 벌어야겠어.'

사과를 따던 날이었어요. 황사장은 일꾼들이 일하는 것을 지켜보고 있다가 깜짝 놀라 소리쳤어요.

"어이, 김씨! 그 사과는 뭣 하러 따로 모아놓나?"

"사모님이 조금이라도 흠이 있는 것은 팔지 말라고 했어요. 우리끼리 나누어 먹자고요."

황사장이 화를 버럭 내었어요.

"무슨 소리야? 작은 것들은 상자 밑에 깔고 겉에는 큰 것을 담아. 그리고 상한 것도 다 쓸데가 있어."

일꾼들이 수군거렸어요.

"밑이나 위나 똑같은 물건을 넣어야지 눈속임은 금방 들통이 나는데…."

"그러게 말이야. 사장님은 부자가 될수록 더 인색해지고 돈을 밝히니 웬일이지?"

황사장은 중얼거렸어요.

'정직하면 돈을 벌 수 없어. 사과 먹을 사람은 하늘의 별처럼 많으니 요령 좀 부린다고 손해 볼 건 없지.'

그날 한밤중, 황사장은 낮에 일꾼들이 버린 사과들을 자루에 담아서 공장으로 싣고 갔어요. 사과의 상한 부분을 도려내고 색깔 내는 물감을 넣었죠. 맛을 내는 조미료도 넣었어요. 상표에는 '손으로 직접 만든 정직한 '유기농 잼' '유기농 사과주스'라는 선전 문구도 넣었지요. 잼과 주스는 불티나게 팔려나갔어요. 황사장은 계속 자기만의 비법이 담긴 주스와 잼을 만들었어요.

어느 날, 열 살 난 아들이 사과주스를 마시는 것을 보았어요. 황사장은 깜짝 놀라 아들의 손에 든 주스를 빼앗았어요.

"누가 이걸 집에 가져다 놨지? 이거 먹지 마. 아빠가 다른 걸 사다 줄게."

아들은 눈을 동그랗게 뜨고 물었어요.

"이건 아빠가 직접 손으로 만든 주스잖아요? 그럼 최고죠."

황사장이 우물우물 대답했어요.

"으음, 아빠는 사랑하는 아들에게 더 좋은 것을 먹이고 싶어서 그러지."

사과잼과 사과주스가 잘 팔리는데 황사장은 이상하게 마음이 편치 않았어요. 전화벨이 울릴 때마다 깜짝깜짝 놀라기도 했어요. 텔레비전 뉴스에 혹시 '능금 과수원' 이야기가 나오지는 않는지 귀를 쫑긋 세웠죠.

'내가 만든 상품을 먹고 탈이 나면 사람들이 날 고발하겠지? 불량식품이라고 들통이 나면 난 감옥에 가겠지? 제발 탈이 나지 말아야 할 텐데… 그래도 수입이 좋으니 포기할 수도 없는 일이고.' 늘 불안한 날들이었어요.

아버지가 꿈에 보이던 날 아침, 휴대폰 벨소리가 울렸어요.

"황사장님이세요? 여기 읍내 복지센터인데요. 오늘 시간 나시면 좀 나오시겠어요?"

황사장 가슴이 덜컹 내려앉았어요. 앞이 캄캄하고 손에 진땀이 났어요.

'드디어 올 것이 왔구나. 미리 자수를 했어야 하는데, 그러면 죄가 좀 가벼워졌을 텐데 이미 늦어버렸어.'

경찰서에 간 황사장은 직원에게 물었어요.

"무슨 일이오? 우리 물건에 무슨 문제라도 생긴 건가요?"

경찰은 고개를 갸우뚱거리며 물었어요.

"사장님, 우린 전화 한 적이 없는데요? 아 참, 소식 들었는데 축하드립니다. 이번에 감사장을 받으신다면서요?"

"내가 감사장을 왜요? 난 아침에 전화해서 왔는데."

황사장은 휴대폰에서 아침에 걸려온 전화번호를 다시 확인했어요. 전화번호는 행정복지센터였어요. 그런데 왜 경찰서라고 생각했는지 알 수 없는 일이었어요. 황사장은 정신을 차리고 물었어요.

"참, 우리 과수원에서 누가 기부를 했다는 겁니까?"

"사장님이 안 하셨으면 사모님 하셨겠지요."

황사장은 경찰서를 나서면서 하늘에 대고 소리쳤어요.

"참 잘 되는 집구석이다. 남편은 돈 벌려고 양심도 버렸는데 마누라는 나 몰래 선심이나 쓰고. 두고 보자. 집에 가면 가만 안 둘 테다."

황사장은 화가 나서 집을 향해 난폭하게 자동차를 몰았어요. 마구 달리던 황사장은 '꽝' 소리와 함께 눈앞에 수많은 별이 팝콘처럼 튀었어요. 별들은 커다란 불덩어리가 되어 황사장을 향해 달려들었어요. 황사장은 외마디 소리를 질렀어요.

"아부지 살려 주셔유."

황사장은 이상한 소리에 살며시 눈을 떴어요. 남편을 지켜보고 있던 황사장의 아내가 덥석 손을 잡았어요.

"아이고, 준이 아버지! 정신이 드시오. 나를 알아보겠수?"

"내가 왜… 어떻게 된 거야?"

"기억 안 나요? 당신이 가로수를 들이받고 정신을 잃었어요. 지나던 사람이 신고했더라고요. 이틀 꼬박 혼수상태였어요."

아무리 생각해도 기억나지 않았어요. 황사장 아내는 혹시 머리를 다친 것이 아닌가 걱정을 했어요. 퇴원하던 날 저녁, 황사장은 뜰에 앉아 바람을 쐬고 있었어요. 별들이 보석처럼 반짝이는 밤이었죠. 그런데 별들을 보는 순간 오싹한 기분이 들지 뭐예요. 그리고 사고 났던 일이 떠오르기 시작했어요. '맞아! 내가 가로수를 들이받았는데 별들이 불덩어리가 되어 내게 달려들었었지. 혹시, 내가 죄를 지어 벌을 받은 건가?' 마음이 무겁고 답답했어요.

황사장은 이튿날 공장에 갔어요. 상처투성인 못난이 사과들, 식용 물감, 조미료 등이 은밀한 곳에서 얌전히 주인을 기다리고 있었죠. 코를 자극하는 썩은 냄새는 자신의 마음 같았어요. 눈물이 왈칵 쏟아졌어요. 아버지 말씀대로 살만

한데 왜 더 잘 살려고 양심을 버렸을까? 욕심 때문에 늘 불안해하는 자신이 어리석고 불쌍했어요. 순간, 황사장은 보물처럼 감춰두었던 물건들이 꼴도 보기 싫어졌어요. 사과, 물감, 조미료 등을 모두 꺼내 쓰레기통에 버리면서 황사장은 소리 내 울었어요.

"하루라도 마음 편하게 살고 싶다. 지옥 같은 마음의 감옥에서 탈출하자."

아리수에 흐르는 별

© 강동문인협회, 2024

1판 1쇄 인쇄_2024년 09월 20일
1판 1쇄 발행_2024년 09월 30일

엮은이_강동문인협회
펴낸이_양정섭

펴낸곳_예서
      등록_제2019-000020호
제작·공급_경진출판
      이메일_mykyungjin@daum.net
      경진출판예서의책 스마트스토어_https://smartstore.naver.com/kyungjinpub/
      사업장주소_서울특별시 금천구 시흥대로 57길17(시흥동, 영광아파트), 203호
      전화_010-3171-7282 팩스_02-806-7282

값 15,000원
ISBN 979-11-91938-79-1 03810